走！我們去看風景

張玉芸 著

推薦序

值得借鏡的美學人生

陳銘磻

如果生命是一只杯子，它將盛滿什麼？水、咖啡或是記憶？如果生命是一條河流，它將乘載什麼？歲月、成長或心情？如果生命是一條路，它將帶領人們走向什麼樣風景的遠方？人生是一條無法回頭的路。

讀張玉芸的《走！我們去看風景》，她的這一條人生路「經常在夢裡繞來繞去，繞過來，繞過去，有時會繞不出來。」原本是「清清楚楚的一條路，卻又常常迷路的一條路。」這一條經常使人迷路的道路，讓她看到不少風景，從而發現多樣的路，多元的路，只要好好走下去，就像「天空，從不拒絕飛鳥。路，從不拒絕旅人。」她在旅路中，見識到曼妙而生動的人生。

一個喜愛旅行，歡喜大自然，熱愛生命的人生攝影者，她用文字把生活在異國他鄉的人文、見地、思念和感懷，用眼睛和心靈的鏡頭，逐一紀錄；由是，讀者愈加清晰的從她細膩的傳述裡，見到她那一條時而藏在心裡面，時而東張西望的路，竟然積累了難以數計的甜美果實。

原來，她是如此用心的觀賞人生旅路所見的一條河、一片落葉、一個人，縱令只是半晌的懷念，或是喃喃自語的心境表露，讀者都能從中感受她對於難得清雅的生命的敬重，一如她透過熟知的自然界事事物物，嘆喟人生，那是她獨到的生活態度，也是值得借鏡的美學人生。

描寫童年，彷彿歲月倒轉，人就在其中；描述季節變化，深刻又在其間。許多人們共同擁有的回憶，在她眼下，在她筆觸，都浪漫得無以復加，一次兩次的看，一篇兩篇的讀，讀者實在難以想像這些遙想當年的篇章，竟是一個長年生活在異地的人，真切而生動的成長故事。

她的故事和她所見到的天空、車站行人、街景、小鎮，或者是旅途中的見聞，竟都如斯吸引人止不住的樂意閱讀下去；那是因為她的文字住著一名精靈，她的思想藏著一枝水晶手杖，悠然自得的揮灑出屬於她能說出好聽故事的魔力。

《走！我們去看風景》是一本好讀、好似魔幻一般使人驚奇的書。

推薦序

視野寬闊，行文從容

方梓

離散文學從一九七〇年代至今，一直是文學畛域中重要的一環，隨著時代潮流，涉及範圍更形廣闊，涵蓋文化、文學、歷史、政治、移民、族群、語言、認同、差異、身分、後殖民、後現代等議題。

就文學而言，作家旅居／定居他鄉異國的書寫，產生的經驗與感受，便是離散文學。張玉芸移居英國多年來的書寫便呈現文化、族群、差異等的離散書寫。本書的三輯：〈有一條路〉、〈東張西望〉、〈我看見了〉在在顯示作者移居他鄉異國的生活、文化的認同與差異。

張玉芸在寫作耕耘雖仍屬新人，然在《出口》一書中已見文字的純熟，在本書中益發精練，書中多處以詩的語言載述生活和文化等樣貌，如「住在山裡意味著『距離』。住在山上時，距離那裡都遠。距離學校遠，距離朋友遠，距離商店遠，當然距離零食也遠。但是與寂寞近，與黑暗熟，與飛鳥親，同時也與星月為鄰。」

本書除了離散書寫，也有不少是作者對台中家鄉的懷念和童年、求學的書寫，文字瑩潤、利落，以及溫馨和緩的敘述。

作者從英國看台灣，從台灣看世界，視野寬闊，行文從容；本書知、感交織，是兼具深度與廣度的散文。

推薦序

這風景，得慢慢欣賞

巴代

閱讀張玉芸的《走！我們去看風景》，感覺回到了青年時期閱讀散文、雜文的歲月，倍感親切。那是一種回歸文章內涵而摒棄刻意堆砌華美詞藻的敘述風格；那是一種專注於記錄與抒發日常省悟的書寫。篇幅或長或短，或深或淺，文章裡應有的那些抒情、描景、論理、敘事的基本元素，巧妙的編織與串連著作者過往歲月的種種記憶與情感，自在自然又毫不做作的鋪陳出現在生活境況與成長移動的軌跡。

於是，作者童年的故鄉記憶與旅居英國的日常感受，求學階段的片段經驗與職場上的冷暖點滴，便交相疊影互滲；那些日常的觀察、經驗與隨時迸發的具哲理的體悟、感慨，成了文章裡處處埋伏著的令人不覺說教的逗點與驚喜。就像一條隨時岔出小徑的鄉間礫石小路，不論通達或曲徑，那裡永遠藏著秘密與驚喜，等待讀者駐足撿拾或欣喜迷路，而驚呼：「哎呀，這裡好奇特，好有意思啊。」

出過書，文章散見報章雜誌的張玉芸自信地說：「聰明的旅行者，必定也是一位懂得生活的智者。」在我看來，她是個充滿勇氣肯踏出步履的旅行者實踐者，也是個開放心境面對生活細瑣的聰明人，更是認真探索自己的人生內在紋理的智者。

這一些風景，不妨，我們細細的、慢慢的體驗吧！

推薦序

真誠的，銳利的，溫暖的

張耀仁

如果我們將時光拉遠，這將是類如鍾梅音《海天遊蹤》，或者徐鍾珮《多少英倫舊事》，那樣滿盈異鄉風情的時光，比方〈聖米歇爾山〉、〈德國太太說中文〉，或者〈我在羅亞爾河谷〉，以及凡此種種。

但細究之，張玉芸的本意並不在此，她更想穿透的許是人與人之間（本國人與他國人之間），如何靠近、互動乃至溫暖彼此的可能。也因此，無論是上一本《出口》，抑或這一本《走！我們去看風景》，文中所透露的近乎手札式的書寫情狀，總使人感受到天光灑落的清晨，在桌前寫下那一字一句，它們隨著陽光一寸寸西移，一寸寸幻化成活的、柔軟的、堅硬的意象。它們是一則又一則理解異鄉人生活的記錄，也是一篇又一篇對於書寫的反思，那使我們渾然忘卻，創作者其實是一位企業版圖橫跨多國的實業家，但她筆下流洩的細微世界卻不同於刻板印象中的商場競逐，不由令人好奇在兩造之間，作者如何轉換？以及為何投身於此？

也因此，在這本書中，真正可觀之處恰是那些經歷風雨之後，沉澱而靜美的片段，諸如對於大自然或者小動物等看似速寫實則一針見血的描述。作為講求坦誠的散文，張玉芸是忠於自我的，她的作品讓我們看見了真誠以及作為異鄉人的銳利目光，我們欣見這一類的創作者，將我們帶到更遠的邊界，更遠的超脫台灣散文界囿於親情的創作空間。

更遠的非常視野。

序曲

有一條路

有一條路，
彎彎曲曲的路，
夢中常常出現。
晨霧中走來，
夕陽裡走去。

紛雨天裡走過來，
豔陽天裡走過去，
每天走來走去的一條路。

經常在夢裡繞來繞去，
繞過來，
繞過去，
有時會繞不出來。

清清楚楚的一條路，
卻又常常迷路的一條路。

每一個人啊！
是不是都有這樣的一條路？
一段藏在心裡面的路。

目次

我看見了

有一條路

天空，從不拒絕飛鳥。

路，從不拒絕旅人。

攝影：張玉芸

季節的腳印

花園裡，花瓣是季節的腳印。

漫漫長冬的沉重步履跨越冰冷的節氣欄杆時，雪花蓮（Snowdrop）綠色的細長葉片，一夕之間竄探出地面，每一年同樣時刻，也同樣出其不意的來到。端詳鮮綠葉片之際，總要驚嘆「寒冬終於要走了」。

一旦習慣於英國冬日花園裡的荒涼與蒼茫，乍見雪花蓮的白色花瓣以及隨意一抹的淡綠色調時，難免驚艷萬分。雪花蓮簡單幽雅的氣質，宛如一首清唱小曲調，這可喜可愛的小花，花期約三周。當雪花蓮的花瓣呈現枯萎凋敗時，水仙花緊跟在後婷婷綻放。黃色水仙，花狀如喇叭，她們帶著修長枝體搖曳生姿，以一種迫不及待的姿態，宣告春天正式登陸的好消息，黃色花瓣如印璽，任誰也不容否認這條官方消息。

接著俯伏地面而生的報春花（Primrose），悄然出席。這是令人深思的花朵，各樣花色在野地裡自由延伸漫漫成長，花朵因緊緊偎靠地面，也就無畏於暴風雨的侵襲。常常在風雨橫掃後的清晨，所有高高在上的花卉，無可避免的呈現狼狽花姿，只見報春花，花容依舊完好，甚至因為風雨的沖刷洗滌，更顯神采奕奕。這卑微又勇敢的花朵，彷彿輕聲細語的說著一個讓人心動的生命故事。

緊接著是藍鈴草、茶花、鬱金香、紫丁香、鳶尾花、牡丹花、繡球花、玫瑰花等等，逐一出現，輪流低首鞠躬謝幕。春夏秋之間，花園裡熱熱鬧鬧，百花齊開放，競相爭妍奪艷，叫人眼目忙碌。然而，陶醉於崢嶸的艷麗花卉之際，也看著花蕊枯涸，花開花落，不由得讓人深嘆，花瓣是季節的腳印。

在商店裡，禮品是季節的腳印。

聖誕節商品熱鬧喧騰之後，過氣的應景禮品，最終或被特價拍賣或者一臉疲憊的卸架落幕。隨即關於情人節的系列禮品，正式登場，企圖將所有甜言蜜語極盡能事的寫在卡片以及禮物裡，繁華的購物商圈內這時候充斥甜膩愛意。跟情人節依依不捨道別時，商店的標語，立刻換成感念母親的大字報。三月，英國的母親節到了。廣告詞說「每個人不一定都有子女，但是每一個人都有母親。」確實如此！商店禮品化身為社工人員，悉心提醒每一位為人子女者，感念母愛之偉大。

當母親節的卡片鮮花送齊後，商店的擺設一夕之間，堂堂呈現復活節的相關產品，那是象徵春天的鵝黃顏色，有可愛的小兔子以及蛋形巧克力，這就是復活節的意義，新鮮清新的開啟，新生命的降臨，我愛這人間處處有盼望的復活節。忙完復活節，商店的禮品提醒大家父親節來了。在英國，六月是歌頌父愛的季節。此刻陽光漸暖，夏天的味道開始醞釀。大賣場裡，販賣著各式各樣花園家具和烤肉器材，輕輕鬆鬆的歡迎夏天到來。夏天意味陽光與假期，人們苦苦等待的陽光終究來了，公園裡到處都是打著赤膊，穿著清涼，渴望陽光接觸的人們。

夏日假期歡樂的氣氛延續至八月底，文具特價的海報終於張貼出來，字句中循循善誘提醒學生，整理書包乖乖回到學校上課。安靜一陣喘口氣，萬聖節嚇人的商品驚悚上架。結束 trick or treat 的遊戲後，人們紛紛摘下萬聖節驚嚇人的面具，再度繞回聖誕節的話題。紛紛若有所思的駐足於各樣禮品前面，深思琢磨，怎樣的禮物最貼近心愛的家人？如何地選擇最能打動人心？而這也是最讓人傷透腦筋的難題。

如此這般的走過一整年。現代人的春夏秋冬，竟是明顯的隨著商品打轉，它們儼然就是季節的腳印，誰也無法否認。

季節的步履，在人生的泥地裡，拓印著不同的花樣與形式。我常常在想，在人生的季節裡，我又留下了甚麼樣的足跡？

那一條河

一閃而過的念頭有時候是從時間之流浮上來的，它們像沉在深海的船骸，總要過了很多年，才會重新被你憶起。——柯裕棻

家鄉的河流，蜿蜒流經村落。從前感到與河流親近，於河邊追逐蜻蜓，看深綠河草漾漾飄游於水底，婦女在河岸用力搓洗衣物，閒話家常。孩童們，天熱時捲起褲管，腳丫子踢盪於清涼水面，澼澼啪啪作響，鈴鐺般笑語不斷，笑聲乘載兒時的歡樂記憶。

炎炎夏日，鄰舍午寐的靜默時光，雞啼蟬鳴，河水淙淙，彷彿就在天地間的舞台上，現場演奏大自然之響亮樂章，熱熱鬧鬧，此起彼落。當時溪流明澈見底，水底大小石頭瞭然可見，並有魚蝦優游其間。河流依季節呈現多樣面貌，竟與花草無異。

乾旱時期，青苔苦苦攀爬於巨石之上，與時光競賽似的，出人頭地的野心，輕易洩漏。河床土壤龜裂嚴重，從岸邊逼近河心，飢渴神情畢露無遺。然纖細之河水夾帶耐心，他在等待雨季到來，期許一舉灌沛這河之深度與寬度。颱風天時，滾滾黃湯，自上游浩蕩衝下，

氣勢洶洶，湍湍相激。此時，河流他是一頭猛獸，極力嘶吼，大口吞噬沿路的災難風光。

童年既然與溪流親近，故事自然也多。溪流之間，偶見小橋連結兩岸。在這銜接之處，常常就是故事的開端。

小學時期，在冗長的朝會時間裡，學生們在豔陽之下，接近嘶吼的唱完宏亮國歌，規矩做好立正和稍息的動作後，就是安靜接受校長及老師的諄諄教誨。偶有學生中暑昏倒，升旗台上的訓示照舊進行，從不因烈日而精簡言詞，也不因突然扭曲倒下的影子，有所停頓。只見昏者被身旁的同學匆匆扶起，攙扶進到教室休息，其餘學生即使心盪神馳，腦裡混沌一片，仍得站立於操場，安靜聆聽訓誨。任憑汗水直流耳際，滲入脊背，小小臉蛋個個滿臉通紅。

至今仍然不甚明白，兒時的朝會時間，為何如此漫長難耐？是否因為年幼之故，耐心尚未培養齊全？所以感到光陰恆久停頓在烈日光芒裡。當時宣佈事項，不外乎校際籃球比賽本校得到冠軍，某某同學全縣演講比賽得到名次，而震駭我心的消息往往是某某溺水而喪命，然後師長嚴厲警告學生溪邊玩水的危險。

剛上小學的我，在這脆怯的年齡裡，卻已經經歷過兩次差一點被猛水吞噬的險境。當時幼小，尚未建立驚嚇的容量，以及災難臨身的警覺性。而那也是還不認識勇敢的年紀，一切都還在塑造當中，處於尚未成形的階段，既是軟弱卻也富有彈性。

有一天，那是一個發佈颱風警報的日子。學校緊急宣佈，住在偏遠地區的學生，趕緊收拾書包，火速集合，提早放學。當時由高年級的學生帶著低年級的我們，高矮有序排隊走著。我們行走的路是一條捷徑，需要穿越溪流。平日這條溪水，細細緩緩流著，行走獨木橋並無困難。但是那日，颱風將至，雨量驟漲，河水幾乎淹沒橋面。走在橋上時，突然一陣恍惚，不慎失足落水。彼時高年級的一位男孩，見狀迅速將我拉救起來，又揹我上來岸邊。慌亂中我一句話也沒說，那時的我，還是一個在驚慌中不懂得說感謝的小孩。

自此以後，每次在學校遇到這位高年級男孩，我只想躲起來。對於這個意外事件，並未存有太多的恐懼，反而是滿心的羞愧與赧然。「好丟臉！好丟臉啊！」這是內心裡不停發出的聲音。

有一段很長的日子裡，炎炎烈日下，強烈陽光照得眼睛無法張開。冗長的朝會時間裡，我的心思經常飄到遙遠之處，宛如河流般細細淌流。然後想著「啊！差一點點，我就是升旗台上宣佈事件的主角人物了。」

火車上的回憶

回憶是，你乘坐火車，車廂往前行駛，而你的思緒卻是往相反方向飛奔。車身平穩滑動，窗外風景於眼前快速移動，如過往時光般急速匆忙。火車職責不僅承載乘客，也負責輸送回憶。難怪大家要說時光像列車，一定有無數的人們，他們在火車上回憶從前，籌畫未來。

今天搭乘火車去諾丁翰，這是一趟輕鬆之旅。相較於昔日繁忙的公務旅程，我格外珍惜這般悠然時刻。有一段時期，我總是帶著一大一小的行李箱，從台灣到英國出差。於英國境內，再以火車為主要交通工具，拜訪舊客戶開發新客戶。

我的足跡遍及英國各地，有知名大城也有默默無聞的小村莊。譬如，有些私立中學位於偏遠幽靜之處，宛如一座孤獨城堡。每當跟下一所大學確認即將抵達時刻時，他們總會問：「你現在人在哪裡？」

當我說出一個不為人所熟知的地名時，他們會驚呼一聲：「你在那裡做甚麼啊？我從來沒去過那裡呢！」或者也有人帶著幽默口氣，順便說個黑色笑話：「那你要多保重，聽說那條路上啊！平均一星期失蹤三人。」

總之，帶著沉重行李差旅英國各地，長期皆然已成習慣。定居此地之後，不再攜帶大只皮箱，曾經幾次站在車站候車，赫然發現身邊少了大行李箱時，頓時慌張數秒，以為自己不慎遺失。旅程中缺少一大一小的行李時，居然不習慣。

今天在火車上瀏覽沿路風光，憶起一則關於搭火車的往事。那時候網路手機尚未盛行，旅程近尾聲，彼時我將從愛丁堡火車站，搭乘早班列車到倫敦的國王十字架火車站，再轉搭巴士到倫敦西斯洛機場，搭機返回台灣。所有的行程規劃完善，而我也如常提早來到車站。行至月台時，火車已抵達，並有零星乘客先行上車等候。我拖著行李，找到一處靠窗戶又有桌子可以寫字的座位坐下來。我望著窗外，看看月台，又看看手錶，時間尚早。月台上剛好有一個公用電話，而我的錢包裡，又剛好有旅程過後留下來的大堆銅板，於是我想，不如趁此機會打電話給台灣家人報平安。於是我跟附近乘客說一聲：「我下車打個電話馬上回來，煩請看顧我的行李。」

英國法律規定，在公共場所不可置行李於無人看顧之處。所以我也一直謹守這項原則，避免觸法。在火車上，即使只是去一下洗手間，我還是會跟身邊的人交代一聲。於是我帶著這個裝著零錢的小錢包，走出火車上敞開的大門，走去月台打電話。電話中簡短的言語之後，我看看時間剛好，就掛下電話往火車方向走回去，正要踏上火車門口時，工作人員哨聲大響，火車門正要啟動關上，我只能眼睜睜的看著這二扇門在我眼前緩緩地關閉起來，接著呼嘯離去。我手裡拿著空空的小錢包，心裡萬分火急。我所有的行李，所有的物品以及重要文件，特別是護照，現金，車票及機票全部留在火車上。

後來尋求車站人員的協助，他們聯絡該列車的工作人員，將我的行李妥善保管，等待我搭下一班車抵達倫敦時，再到失物招領處領回。

這是我第一次身邊空無一物的旅行，竟然感到格外的輕鬆。我望著窗外快速跑過的風景，心情愉悅。這是一趟沒有書本沒有筆和紙的長途旅程，我於是在心裡哼著歌。

後來在火車站內失物招領處的那位工作人員告訴我：「你真幸運，因為你有事先告知其他人幫你看顧行李，所以不需罰款。」

那一趟的旅程，雖然兩手空空，內心卻充斥一股飽滿的學習。特別是火車門在我的眼前緩緩關閉的那一刻，這般場景有如電影情節，在我腦海裡重複不斷的播放而印象鮮明。僅是一秒之差，我錯過了上車機會。這像不像人生，因為分秒之差的一個想法及決定，人生因而面臨大轉彎。我珍惜這節人生課題。

旅行中每每隱藏變數，既是樂趣也是風險。預備是重要的，旅者需要隨時做好準備，於每一關鍵時刻做出正確的判斷與決定，並認清自己所能承擔的風險級數。

我想，聰明的旅行者必定也是一位懂得生活的智者。

往光的方向

住在山裡意味著「距離」。住在山上時，距離那裡都遠。距離學校遠，距離朋友遠，距離商店遠，當然距離零食也遠。但是與寂寞近，與黑暗熟，與飛鳥親，同時也與星月為鄰。

距離也象徵旅程，在我的童年裡，旅程又等同走路。走路是生活的必然，每日上下學的路途，生病時看醫生，跟著媽媽去外婆家，走路到鎮上搭公車，走長長的一段路是生活的一部分，那麼自然而然。

其實一開始，只要是光天化日之下，走在偏僻路徑也不懂害怕。疲累腳酸無可避免，烈日下汗水涔涔，心情難免浮躁不安。但是，無論如何恐懼缺席，心中沒有恐懼時，一切都能坦然面對，即使是對一個小孩子而言，也是如此。

直到某個事件發生，陰影立即蒙上心裡，恐懼佔據全身細胞，不安全感佔有思想，這時候走路的心情完全改變。這像不像人生？一開始無所懼怕，直到累積一定的經驗，勇氣開始倒退幾步，信任感跟著卻步，肝膽相照不再毫無選擇。當走路的心情改變，慌張的步伐裡，逐步鋪上惡夢的腳蹤。從此之後，每一次單獨行走山路，都是帶著不安的心情。

那是一個周三午後，小學三年級的我，只有上半天課。背著書包獨自走回家，布鞋踩著瀝青滋滋作響，有時黏上一些黑色殘渣，無可奈何的。豔陽下，腦筋空空洞洞，肚腹飢餓，心裡只想趕快走回家。

這時候，有一輛機車，從後方騎乘過來。經過我的時候，他速度放緩回頭看我，然後折返回來。是一位面容黝黑的中年男子，他停在我的旁邊，問我：「你知道阿春住在哪裡嗎？」然後，伸出他厚厚的大手，緊緊握住我的手。

我驚慌的將他的手用力甩開，趕緊往前面的方向跑去。

從此以後，這個陰影緊緊跟著我。每一趟走路行程開始時，我滿心期待路上遇見同行者。即使是未曾交談的村民，或是隔壁班令人討厭的小男生，雖然我們隔著一段距離，但無論如何，只要看見任何的同行者，我就感到安心。

日有所思之故，夜晚的夢裡，經常夢到我一個人獨行於山路，而這條路變得漫長不已，且路況黑暗不明。我一個人，無止盡的走著，心中害怕會有壞人出現，越擔心腳步越快，然而路也越來越長遠，怎麼走就是走不到，嚇得驚醒過來。

最近，跟母親重提這件童年舊事。母親得知事發的確切路段時，她說：「那裡恰巧是最偏僻的地方。」

當時可能逃避的路線有三，往前，往後，或者往右邊的窄小路徑，後來我直覺的往前面跑去，那是回家的方向。

但是我心中一直有一個疑問，他為何沒追上我？對他而言，那是輕而易舉的事情。

母親用台語說：「你剛好往比較光的方向跑。」

是啊！那是往光的方向。有了「光」，「暗」他就消失了。

A46 拜訪從前

英國的天氣變幻莫測，令人捉摸不定。常常會提醒來此地旅行的人：「一天之內可能會出現春夏秋冬四種不同的季節喔！務要攜帶保暖衣物。」雖然天氣常常讓人氣餒，但也因為如此，天氣儼然就是一個談論不完的話題，人際關係的氧化劑。

今天是我們拜訪A大學的日子，出門時天空佈滿烏雲，一副隨時就要潑下大雨的樣子。但是偶爾陽光也會露出頑皮笑臉，好像故意要人看不懂他的心思。今天開車的路線是A46，上次走這條路是多年前的一個冬季。當時道路兩旁樹葉落盡，沿路光禿禿，視線可以擴及遠處。與今日放眼所見的風貌迴異，此刻沿途呈現典型的六月景色，初夏的翠綠。

春夏秋冬只是概括的季節代名詞。節氣其實是可以每日計算，甚至每一小時，每一分鐘為單位，因為她們變化多端。好比夏天的樹葉依各個時期有其色差，此時正值六月天，樹葉鮮綠，樹影微暗。再過一個月屬於仲夏，葉子顏色即將晉身為深綠，加上強烈陽光照耀，樹影的顏色隨之轉變為深色系列。而晚夏時節，樹葉走過蓊蓊鬱鬱的歲月，演化成一種欲泛黃而未黃的尷尬階段。總之，四季，只是一種大概的歸類，天候每日變換，樹木花草亦然。我曾經觀察一朵玫瑰花一天當中的變化，驚訝於她由含苞微開到整朵花盛開，居然只是一天的時間。時間於花顯然更為倉促。

天氣善變，你總是無法預知下一刻的天氣，好像人生。此刻天空裡的烏雲因著風兒的吹動隨時變換姿勢，而我的思緒也在雲層裡起伏飄動。記憶如Ａ46的路途蜿蜒流轉，道路兩旁綠樹的繁茂枝葉，綿密織起往事，因而想起一則從前經營事業期間最不堪也是最不願回顧的事件，那是一處自己拼命想要閃躲的記憶角落，此時此刻，她壟罩我的心情。

Ａ大學曾經是我的重要工作夥伴，她好像是我事業榮景的一個代表符號。以致於今天的這一趟Ａ大學之旅，像是一趟往回走去的旅程，讓我聯想起在Ｂ大學裡發生的難堪插曲。於是我以撥開傷口的精神，窺探傷痕的勇氣來述說這一件往事。

那一天早晨，趕赴Ｂ大學的一場重要會議。出發開會之前，與在海外的家人發生爭執與誤會。我因趕赴火車時刻，當時只能長話短說，無濟於事。後來人在火車上，想以行動電話再度聯絡，但不僅電話費昂貴，收訊又不佳，毫無幫助。於是帶著一顆好沉重的心去Ｂ大學開會。

Ｂ大學並非友善的大學，他們在會議中對我百般刁難。在商場上馳騁多年，我豈會在乎這種場合。但是彼時恰巧負傷去開會，心靈格外脆弱。密集的會議結束後，我去了一趟洗手間。這時候，累積整個早上的難過心情，也就是一大早帶出來的這一份親情掛念，就在洗手間獨處的時刻裡，看著鏡子裏面的自己，看見了穿著打扮精明幹練光鮮亮麗的自己，其實內心深處並非如此。在商場中我學會戴上面具，總是表現很強勢又信心十足。而我，真正的我，並不喜歡這樣的生活。

這一刻，我終於控制不了自己的淚腺，眼淚汩汩流下。我想著，真是糟糕，沒有控制好的淚腺，一旦崩潰就會像潰堤的壩，洪水氾濫，一發不可收拾，我了解自己的軟弱。

我在洗手間的鏡子前面拼命擦去眼淚，眼淚又不聽話的湧流出來，擦掉眼淚再度補妝，眼淚又流不停止，同樣動作一再重複。我在洗手間裡多麼著急啊！因為這位大學人員正在外面等著我一起用午餐，而我絕對絕對不能讓對方看出我哭過的臉！特別是這一所不友善的大學。於是我繼續在洗手間裡手忙腳亂的擦去眼淚又趕緊補妝。我在那一刻突然領悟到，對於傷心的臉，即使再好再濃再厚的化妝也無法改善她。自此以後，每次看到塗抹濃妝的臉龐，總要想像這些光鮮臉蛋背後的真正心情，不知道是甚麼？

當時在外面等待我用餐的大學人員，是一位男士，他因等待過久，因而感到焦急，於是他的上司，是一位女士進來看我。這位女士看著我的淚眼婆娑，以為我是受不了剛才壓力過大的會議而哭泣。我在商場上，雖然重視業績卻也絕對不會因此哭泣。我比較看重的其實是這一份親情牽絆以及想要化解誤會的焦急心情。但是我並沒有多做說明。

那是我最後一次去這所大學開會。B大學的人員也許到現在還是認為，我是因為承受不了那一天的尖銳會議而崩潰哭泣，而那位不友善的大學代表或許還得意洋洋的四處宣揚我那一天的窘境。

這一趟駛往從前的路途裡，讓我想起多年前這個難堪的故事。今天我上網查看B大學裡的那名工作人員，發現他仍然在同一個單位上班。經過這些年來，他的容貌已然改變。而我，不也是有所改變嗎？我們一起在時間面前以類似的步伐枯萎凋零。當年，我們立場對立，但是今天，我們平等接受時光的對待。誰也逃不過啊！

彼時咄咄逼人的那名英國男士，如今外型乾瘦，老態畢露。突然一種複雜的情緒湧現，一種難以言喻的感慨。好像重重疊疊的烏雲逐漸累積，然後下了一場傾盆大雨，沖刷之後，藍天終於出現。我的心也映照出一片明亮湛藍。

管他們怎麼說呢！關於洗手間裡哭泣的故事。

第一朵玫瑰花

上帝給我們記憶力，所以我們在十二月時仍然看得到玫瑰花。

——Sir James Matthew Barrie

記憶似明鏡，任憑歲月擦拭，浮現幾則幽微的童年往事。

進入小學之前，我沒上過幼稚園。學齡前的歲月欠缺童書，然而我從小喜歡文字，所有與文字相關的事物我都喜歡，如春聯，姐姐的課本，父親訂閱的農友刊物，甚至祖母從基督教診所拿回來藥包上的經文，我不明就裡的喜歡她們，暗地裡細細咀嚼樂在其中。

小學一年級時，有一天老師帶著一個圖筒走進教室。她取出圖表掛在黑板上方，又緩緩拉開圖表，將之固定於黑板另一端，老師對著攤開來的大紙說：「這是地圖。」那一刻，這張地圖以及地名深深吸引著我，這是我第一次見識地圖。下課時，我坐在位子上，一個人安靜地拿出習字的作業本子，翻到最後一頁的空白處，我試著畫出剛才那張地圖的樣子。對於土地與文字的結合，我感到無比新鮮，我喜愛文字，而地球表面竟然撒滿文字，這張地圖深深打動我心。而這幼年的憾動，好像一幅久遠的記憶，懸掛於心版，未曾卸下。

我也還記得小學一年級的那間陳舊教室，長長的走廊走到終點時的倒數第二間。學生們坐著看向黑板的方向，右邊是走廊，左邊是一條鋪著細石子的走道，旁邊種著一排鳳凰樹。夏天一到，鳳凰花繁茂綻放如紅色鳥飛，盤旋於樹梢末端，緊緊環繞包圍綠葉。高聳的樹木裡有蟬兒駐足，春夏季節蟬鳴聲不絕於耳。這便是多年之後，仍然清晰的小學印象。「鳳凰花開」是畢業典禮致詞的開場白，畢業季節裡不可缺少的詞句。

小學時代老師都很嚴格，他們不苟言笑頗具威嚴聲勢。我的級任老師，成長於日治時期信奉打罵教育。學生對於老師恭敬畏懼，老師們個個板著臉孔，小孩子的微笑自然而然也就收斂起來，童年生活鮮見微笑。

我，安靜坐在一年級的教室裡，小小心靈存著一個微小企盼，我在等待左邊走道，一位賣玫瑰花女人的出現。這瘦小的女人，有一對烏黑深邃的眼睛，她提著一個鋁製水桶，裡面有幾朵她在晨間市場賣剩的玫瑰。我的老師見她走過時，總會買下一朵或二朵花。我喜歡看平日嚴肅的老師仔細挑選花朵的樣子，她拿起一朵朵玫瑰花，閉上眼睛深吸一口氣聞著花香，那是一種既溫柔又陶醉的模樣，完全異於平常上課的樣子。當時坐在角落位置的我，被這樣的溫柔臉龐深深吸引。

這位賣玫瑰花的女人，一定沒有想到，多年以前，她曾經是一個小學生的期盼與喜悅。而我的小學老師也一定沒有想到，她的學生對她記憶最深刻的印象，卻是上課之外的另一種不經意表情。

這是我生命中第一次認識了玫瑰花。她們的香味，當時未曾聞及。然而，她們散發出來的芬芳，從此未曾散去。

龍眼樹

這是一條寬約十二米的馬路，乍看像一條長河，從日頭升起的東方，一路暢流到日落之西端。行車通順時如流水匆匆，塞車時像一條滿腹心機的大蟒蛇，緩緩扭動身軀，試圖吞噬車裡面每一顆焦躁不安的心。

身為交通要道，馬路上的行車經常擁塞，人聲車聲喇叭聲剎車聲隨時鬧哄哄。因為心思繁忙，人們的眼目不得不集中於地上的四面八方，專心應付多變化的馬路現場。因此，請勿見怪此地的人們總是無暇仰臉觀看變幻萬千的天空。

馬路兩邊蓋滿房舍，緊鄰的建築物裡面，於情於法應該都要保留一塊空地。然而過度渴望空間的人們，總是想盡辦法消滅空間。他們或以違章或巧立名目的加蓋建築物，藉以規範這空地以及空地上面的空間。他們以水泥牆柱占有空間，好像這樣才可以讓空間具體化。缺少建築實體圈點起來的空間，好像氣流隨時飄動不穩定。

這條路上有一戶人家，難得仍然保留那塊空地。他們屋後花園土地上有幾棵壯碩樹木，配合一些花花草草。久而久之，便吸引苦無去處的眾鳥以及蝴蝶棲息。樹木當中，有一棵年約三十左右的龍眼樹，高聳的龍眼樹木沉默矗立於牆角，枝葉往上空繁殖。因為多年來未曾結過果子，早已讓人忘記他與龍眼有所關連。

有一日，正值周末，主人修剪花木之餘，心想此樹木外型不佳，又不結果，也許應該砍除。正當開始砍去部分枝枝節節時，愛護樹木的妻子望見，進而阻止這砍伐動作。妻表明要留住此樹，於是龍眼樹得以存活下來，日後照樣矗立於牆角，只是繁雜枝節已經除去，整棵樹木煥然一新。

光禿禿的龍眼樹依舊沒有引人注目的緊靠牆角安靜度日。直到第二年春天，他出其不意的在茂盛綠葉中長出了一點一點淺淡褐色的小花，花兒似彩蝶環繞於樹梢飛翔玩耍。朵朵花點逐漸擴散均勻直到渲染整棵大樹，這時候的龍眼樹終於有了新樣貌。一輪花開花謝之後，龍眼樹上蹦出了青澀害羞的小龍眼，被冷落多年的龍眼樹，這個時候好像一心一意要讓人見識甚麼是豐收，意志似乎很堅定。

自此以後每年入冬之前，主人定期修剪枝葉，龍眼樹也按時以結實纍纍甜如蜜的果粒回饋主人的照顧。原來，修剪是新生命成長的必要步驟。那麼生命裡的冗枝枯葉是甚麼？應該勇敢捨棄的又是哪一部份呢？我常常問自己。

散戲

倘若有人看著我閱讀洪醒夫的「散戲」，可能會以為我精神狀況不穩定。因為我一開始邊看邊笑，後來就難過的掉下眼淚。洪醒夫以幽默敦厚的筆，悲憫細緻的心，描寫傳統歌仔戲的淘汰與流逝，令人感慨。

廟口看歌仔戲也是我幼年的經驗。當時年紀尚小，看不懂劇情，只記得戲棚上的人物，穿著豔麗古裝，濃妝豔抹，講話咿咿呀呀，拖泥帶水，一會兒唱歌，一會兒說話。對於尚未懂事的小孩子，我以為古代的人講話都是這個樣子。

雖然對於戲棚上演戲的內容似懂非懂，孩童反而在意周邊小事。或許是小孩天生俱來的單純本性，當時所見常是細微之處，記住的也是外在的表象，譬如，台上演員走到後台之後全然不同的樣子，讓我感到好奇。演員之間的打情罵俏，讓我感到羞澀。還有舞台上的樂隊人員的面容動作，也讓我覺得新鮮。我尤其記得其中一名男子，他對著台下觀眾擠眉弄眼的表情，而那位先生瘦瘦的臉型以及八字鬍形狀，我至今仍然記得清清楚楚。

當戲棚搭起，我的心裡也築起滿滿歡悅情緒，隨著廟裡敲鑼打鼓的聲音而興高采烈。

我喜歡去看戲，因為幼小，放眼所望及之物，都以為龐然大物。

一天，媽媽帶著我們去看戲。小小年紀的我，不專心看戲棚上的戲碼，卻是看著附近廣場上有人賣冰棒，我看著一個又一個晶晶亮亮的桶子，裡面裝著各種顏色，各式口味的冰棒。我的眼睛盯著鮮豔可口的冰棒，不知不覺脫隊，往冰棒的方向遊走過去，可能也流著口水吧。幼小的我，不懂買賣的規矩，也不知道別人的爸媽已經付過錢，我學著其他小朋友的樣子——從冰桶裡取出冰棒來。但是老闆卻伸出他龐大的手掌擋住我，又從他的喉嚨裡，發出很大的聲音制止我。就在這個時候，我的媽媽才發現她的小女兒怎麼跑走了，而且還在跟大人搶著冰棒。

從此之後，在戲棚下搶冰棒的事件變成一個故事，在我們家裡流傳開來。這是一則我從小被講到大的笑話。而我呢，有很長一段時間裡很難接受自己的幼稚行為，每次聽了這個笑話，就感到難為情。就這樣經過多年，直到年紀漸長才改變。

如此經過多年，我才學會坦然面對戲棚下的這一齣戲——純粹的內心戲啊！

地震過後

每逢感慨人心之綿密纖細，人情世故之瑣雜時，腦海裡總會閃現一個畫面，那是在英國倫敦自然科學博物館裡的一個展示間。如房間大小的空間裡，呈現完整的大腦構造圖樣，鉅細靡遺的刻畫腦部精緻繁複的設計，場面令人驚嘆。這不就是人生的寫實嗎？莫怪人際關係複雜難測，只要看看人體大腦結構就會知曉。

在倫敦的自然科學博物館還有一處令人印象深刻的角落，那是提供親身體驗地震的項目。這大概只有在罕見有感地震的英國地區，才會提供這樣的設備。那一天，我看到一群正在進行戶外教學的英國小學生們，個個好奇的排隊等著，他們一臉興奮想要體驗地震的模樣，讓我想到自己的童年。

成長於台灣的孩子，對於地震絕不陌生。從懂事開始，大人們就教導小孩觀察垂吊於天花板的電燈泡搖晃來辨識地震的來臨。緊接的應變動作是，若在學校就躲在課桌椅底下，若在家中就躲在大一點的家具之下，如餐桌或床底下。然而，近幾年的最新防震理論說，這完全是錯誤的動作，致命的行為。但是，我們當年卻是以這樣的標準動作度過童年。

理論總是隨著時代或更新或被推翻，就像各樣研究結果推陳出新一樣，各種理論也是沒有一個定數，譬如喝咖啡，吃銀杏以及飲優酪乳，每隔一段時期就會出現不同版本的研究報告，讓人心眼撩亂難適從。

一九九九年台灣九二一大地震發生時，我在新竹。深夜裡的一陣天地搖晃後，第一個想法是，某處一定有嚴重災害。當時停電停話，一片漆黑中，只能擔著一顆忐忑不安的心，等待天明。等待與祈禱是當時能做的二件事情。經過一場芮氏七點三級的天地搖晃，接近三千條寶貴的生命從島上消失，上萬人受傷，十萬多間房子全倒或半倒，這是台灣戰後傷亡損失最慘重的天災。

有人說地震本身不會致人於死，導致人命傷亡的是建築物。常常，雖是天災，但其災難程度，卻是深受人為因素影響。比如九二一地震，是天災，卻也無可避免的摻雜人禍因素。

地震之後，我們是否從慘痛經驗中有所學習，有所改變？我們的應變措施是甚麼？下一次地震再來時，我們是否有更好的應對？還是重蹈覆轍？再走一回相同的路徑？看到同樣一幅可怕的圖景，聽到一樣的哀慟哭嚎聲？人很健忘，健忘不知道是好是壞？人們因為健忘而忘記傷痛，卻也忘了教訓。

多年前，義大利發生了一場大地震。電視上介紹災區的慘況，就像所有災難現場報導一樣，總是放大特寫最驚嚇人的場面。這時，電視螢幕上出現一位義大利青年，他驚慌沮喪的說：「太可怕了！這裡即將成為鬼城了。」

我多想告訴這位年輕人，我想告訴他說：「年輕人啊！請你不要失望，請不要輕看人的潛力，也不要忽視人對待悲劇時的力量。事情絕對不會像你所說的這樣糟糕，幾年後，這裡的生存者將要如常的過生活。」

雖然鏡頭上正在特寫災區的鏡頭，搶救的緊急氣氛，生存者企盼焦慮的眼神，被挖掘出來的死屍橫放一旁，如此慘不忍睹的景況。但是我還是想要告訴這位年輕人「請勿絕望，一切總會走過來，因為人有遺忘的潛力，而那也是一種恩典。」

遺忘可以是一種慈悲與恩典，但也有可能成為迷幻藥，讓人失去清醒面對的能力。如果濫用上蒼的慈悲，一再遺忘這些走過的傷痛，人會不會也失去進步的機會？又如果能夠記取教訓，設法改進，未來的路會不會因此走得更穩健，更幸福呢？

一位長輩，來到歐洲旅行之後，欣見歐洲明媚的好風光，除了帶回來美麗的照片之外，同時也帶回滿心的疑惑以及許多疑問句：「為什麼呢？為什麼他們可以這樣？為什麼歐洲的風景可以如此美麗？」

歐洲地區的美，絕對不是與生俱來就是天生麗質，而是後天養成。翻開歷史記載，關於倫敦的泰晤士河以及德國的萊茵河，她們經歷過嚴重汙染，以及令人避之唯恐不及的惡臭與醜陋面貌，然而經過政府大刀闊斧的整治，相關單位嚴格執法人民守法之後，締造出令人眼睛為之一亮的美麗風貌。我始終相信這是一面鏡子，映照一則亮麗的應許：有一天，台灣必定也能成為一個美麗的國度，事在人為。

擁有聰明大腦的人類啊，如果想的只是眼前利益，就枉費了造物者的用心發明。不懂記取教訓的人們，任憑地震怎麼搖晃也是不會清醒！

幸運時刻

或許是因為在農村長大的背景，我敬重勞動者，我也喜歡靠自己雙手打拼出來的成果，那是最甜美的果實。基本上我是屬於不太可能中樂透或任何大獎的人，這是經過我走過的人生路，也就是現實生活實驗後的結論。當然這是到今天為止的經驗，日後也許會改變也說不定，但無論如何，我都甘心樂意接受。

追溯過往歲月，僅有一次經驗，因為非常難得，所以印象深刻，那是我的幸運時刻。大學時期的一天下午，剛剛上完西洋戲劇史，易卜生的作品，是我喜歡的課。雖然老師要求的閱讀作業，我常常來不及念完，但是身為年輕熱情的大學生，鮮有不被易卜生的作品所激勵。當時的我，安靜坐在教室裡，總有某些時刻，暗暗的下定決心，我要開始寫劇本，寫感人的劇本，寫反映社會現實面，挑戰社會價值觀以及重建社會公平正義的劇本。這是多麼有意義的事情啊！

易卜生的劇本緊緊抓住我的心。譬如，《野鴨 *The Wild Duck*》、《人民公敵 *An Enemy of the People*》、《玩偶之家 *A Doll's House*》等等，啟發我深刻的思考。不過，寫劇本的決心，在離開校園進入社會大染缸後，逐漸淡然冷卻。但是，我總是由衷敬佩那些為捍衛正義甘願犧牲自我利益甚至性命的人，我深深感動於他們無私的勇氣以及奉獻精神。

回歸正傳，談我的幸運時刻。那一天剛剛下課的我，抱著厚重的原文精裝書，走過外文系館辦公室，習慣性張望公佈欄。當時的我，長髮飄逸看似很有氣質的大學生，但是其實一點也不浪漫輕鬆，我隨時背負重擔。一個自食其力的學生，除面對繁重的功課外，還需要顧及生活溫飽的現實面。

我的英文閱讀速度緩慢，作業常常來不及看完。回憶過往，心中偶爾浮現一絲絲遺憾，不經意地會有許多的假設出現。假設可以處於優渥一些的環境，可以多做閱讀多好啊！假設怎樣怎樣怎樣，該有多好啊！但是，如今已經不再這樣想了，彷彿明白了一件事情，雖然欠缺富庶安逸，卻也因此擴展另一扇視窗，閱讀多樣人生。

畢業多年後，偶遇這位西洋戲劇史的外籍老師，而她也仍然記得我，一個表現中等的普通學生。當她得知我經營事業有些成果時，帶著有些羨慕的表情，說出了一句話：「看到從前的妳，完全想不到妳會有今日的成就。」我恍然大悟，一位飽讀世界各國各時期文學作品的學者，她顯然尚未讀懂人生這部大作品。而她也不明白，一個學生是一粒小種子，擁有無限的可能性。

我又離題了，再回到外文系辦公室的公佈欄。在沒有網路的時代裡，公佈欄是消息的散播園地，我經常來此探視。此時的公佈欄上有一張海報吸引我的目光，是一則某市政府誠徵工讀生接待外賓的消息，除供應吃住外，待遇優渥，我立刻記下所有報名細節。

面試當日，我準時來到指定地點。令人驚訝的是，這不算小的空間裡，居然擠進滿滿人潮。這張吸引人的海報，想必大量張貼於全國每一所大專院校的外文系辦公室的公佈欄上，她不僅吸引我，同樣吸引眾多莘莘學子。

面對這般盛況，主辦單位出乎意料，緊急宣佈更換場地，於是我們這群大學生依照指示全部移到大禮堂內。因為僧太多粥又太少，相關人員面臨考驗，該如何選出適當人選呢？這時耳邊嗡嗡作響，充斥嘈雜的講話聲，因為等待消息又無所適從的學生們彼此開始交談。

不知道過了多久，主辦單位經過眾人腦力激盪之後，應該是想出了好主意。有一位主辦人員滿身大汗的走到講台上，大家立刻安靜下來。他拍拍麥克風，試試聲音，喂喂喂，說了三次之後，大聲宣佈說，因為申請人數實在過多，無法一一面談，所以就以抽籤來決定。

我驚訝於這種方式，而且心中有數，我抽中的機會必定渺茫。因我是屬於那一種需要勤勞努力的人，鮮少有不勞而獲的機會。然而，沒想到在這一天，這一時刻，我竟然幸運地抽到了這份工作。

我抽到的籤是負責接待南非姊妹市的貴賓，南非城市與該市政府的交情深厚，是所有行程中最為禮遇的一個團體，招待旅遊的活動也最長，十一天豪華環島之旅。

此行接待主角共有四位，來自南非的市長和議長二對夫婦，而市長夫人以及議長夫人是姊妹。一聽就知道是政治世家，南非當時還是白人當政種族隔離的時期，曼德拉還在監獄裡。同行者，尚有一位警察局外事課人員，負責貴賓的安全，加上司機一人。就這樣一共七個人浩浩蕩蕩展開環島之旅。

這次旅程全程住五星級以上的飯店，早晚餐在飯店使用，午餐依照行程所在地，遍嚐台灣各地具有特色的美食。總之，食與住與行都是最高規格的接待與照顧。有一天，貴賓們難耐台灣夏日炎熱的氣候，抱怨旅途中的飲料不夠冰冷，這名外事課的警員，立即下車買一個行動冰箱。又有一天來到台東，這二位嬌滴滴的夫人，已經厭倦於中午吃大餐的行程，嚷著說，想吃三明治就好。但是，在還沒有便利商店的年代裡，在東部以海鮮聞名的海港要買三明治，豈是容易之事。

這十一天的旅程，對於一個學生而言，無疑是奢華的，但是也有許多學習。為什麼我把這次的工讀機會視為我生命中幸運的時刻？且聽我繼續說明。

第一日的迎賓餐會中，市長前來問候，主辦單位的主管介紹我的用語，讓當時尚未正式踏入社會的我十分驚訝，也因而記得很清楚。他慎重其事地對市長說：「這位是 ×××小姐，×× 大學外文系的高材生。」

各位還記得嗎？我之前提及，我是一個成績中等的普通學生，作業經常來不及完成。然而，現在我卻搖身變成一位高材生，而這話是從一位地位頗高，政府單位的一級主管口中說出來。這樣的份量是不是應該很重？但是，卻是那麼的不真實。當年的我是一位熱血青年，喜歡易卜生戲劇的學生。此時此刻，親眼看到，親耳聽見，親身經歷官場文化的虛偽，心中突然一股洶湧澎湃，一種對於現實社會的不屑油然升起，眼前的一切好像泡沫一樣的空洞浮華。對我而言，對一個總是努力工作的純樸學生而言，這是一次重要的啟蒙。

再者，五星級的飯店裡，豪華的晚餐過後，我回到寬敞舒適的飯店房間，內心突然覺得空曠與孤單。身為一個清貧的學生，一個時時為生活打拼的女孩子，我是在那一個時刻，真正想通了一件事情，快樂原來不是以金錢或者豪華舒適可以換取的。所以，我一直以來，很少欽羨物質生活富裕的人，我反而是羨慕追求心靈的豐盛與喜悅。

因為有了這樣的學習與領悟，我將這個難得機會，視為生命中的幸運時刻。而且我覺得這樣的啟發，應該是比中到樂透獎或者任何彩券還要幸運。不過，這是我猜想的啦，因為我尚未有中大獎的經驗。

那年暑假

從前介紹自己的家鄉時，總會加上一句話：「我的故鄉改變不大喔！」。這樣說的時候，心情是愉悅的，因為風景不變就是記憶可以隨處取得的保證。

然而，一場地震碎裂了家鄉容顏。

故鄉街景改觀，兒時的記憶所在，已然變形。多年之後的一天，我走在曾經熟悉的故鄉街頭，想像從前的心境與步伐，一抹人事滄桑的心情，油然浮起來。

年紀原來如此單薄。童年時期，望見像自己這般年齡的人，誤以為他們個個都是心境成熟，智慧飽足的成年人。當自己信步走著，踏進中年之後，才發現其實還是一個學習中的人，猶然揹著另一種形式的書包，學習不同的功課，填寫這張人生的考卷。有時眉頭深鎖思索答案，有時狂喜於寫對答案。真實景況跟學生時代似乎沒有太大差別，只是容貌已改，配搭人情世故的裝扮，應對進退更顯熟練罷了。心境彷彿也歷經地震的搖晃與震盪。

突然憶起國中畢業的暑假裡，值高中聯考放榜的那一天，我和一位國中同學的午後相聚。談話內容已隨時光褪色，想必是像大人一般的擔憂前途吧！對一個國中剛畢業的孩子而言，此時此刻面對的是另一人生階段的調整，友誼即將面臨轉換與考驗，滿滿的離情依依，擯在小小的心靈裡，既孤單又飽滿，感到空虛渺茫卻又巨大沉重，這無法理解的心情，就像青少年時期常有的似懂非懂，時而堅決偶爾又不知所措。

這時候，有一位國小同學，騎著腳踏車經過。她神情緊張的說，小學隔壁班同學A因為高中聯考放榜沒有考上第一志願，掉落到第二志願，心情十分沮喪，哭泣一整天。她正要去安慰A，邀我們同去。我們立刻起身前行來到A家裡。

這是一個奇怪的組合。騎單車的小學同學成績一向不佳，升上國中之後，無法進入所謂的升學班。我和國中同學雖然就讀升學班，但是我們二人都沒有參加高中聯考，我即將念職校她要念五專。而A是小學隔壁班同學，升國中時，她不像我們留在家鄉就讀，而是跨區就讀升學率高的學校，追求更優質的教育。這樣的學生，理所當然日後必是繼續升高中念大學，而這需要財富以及父母的栽培心意為後盾。那時候，在鄉村裡，有這樣條件的人，屬於少數。

這個下午，我們三個高中聯考缺席的學生，帶著自認的真誠心意，以拙劣的口才，進行安慰朋友的任務。A的家裡樓下是店面，外人很少上去二樓。她的母親，一位精明幹練的老闆娘，因為歡迎我們來，臉上流露出比平日還要親切的表情，她帶著我們上到二樓。在樓上，只看見A屈身低頭坐在房間的小小角落，她的頭好像一直沒有抬起來看我們，只是顧著搖頭以及擦拭眼淚。而我們呢，就站在一旁，尋找安慰人心的詞彙，溫柔地跟她說著話。

我到現在還是想不起來，當初我們是如何安慰她呢？應該不會說：「親愛的A啊！不管怎樣，妳的情況已經很好了，看看我們吧。」我們當然不會那樣說，我們三個單純善良的孩子，好像很能體會她的痛苦似的。那一個下午，我們放下自己的心思與煩惱，將自己的茫然與孤寂擺在一旁，全心全意安慰這位哭泣的朋友，一位金榜題名的隔壁班同學。

或許，A到現在也還不知道，那一年的暑假，在酷熱天氣裡，跑去聆聽她啜泣，忙著安慰她的是那一些人呢。然而，這不就是人生寫照嗎？回首過往，一路行來時，多少次不也是只顧著低頭啜泣，無暇顧及旁人的需要；多少次不也是忙著舔舐自己的傷口，而忘記遞給路人一杯水或者致上一個微笑。

地震後的故鄉，有簇新的社區，寬大的橋樑，嶄新的校園，人潮步履依舊雜沓行走。堅強勇敢的鄉人們，已在廢墟重建家園。那一天，我回到故鄉，來到熱鬧喧囂的晨間菜市場，歡喜沉浸在這屬於故鄉的新鮮菜蔬以及人情味道中。我專注地望著迎面而來的每一張臉孔，企圖辨識這些面容，我是否曾經見過他們？她是某位同學已經衰老的母親嗎？那是我的國中數學老師嗎？這人莫非是我多年不見的老同學？有些隱約認得，有的完全不識得。說著熟悉口音的鄉人總是問我說：「妳是外地人吧？」

我的家鄉，改變的豈止是建築外觀與地形呢？人來人往中，我已變成陌生人了。然當我想起那年暑假的那一幕，不禁會心一笑——她珍藏在我的記憶裡，即使是經過九二一大地震的震動與搖晃，依然如此清晰。

大學生

學生生活雖然漸行漸遠，我還是喜歡走在大學的校園裡。剛畢業的那幾年，偶爾進入校園內，學生們誤以為我是大學生。他們問我：「你是那一系的？」那時候心裡就暗暗的歡喜快樂。隨著光陰悄逝，學生們的問句後來就變成了：「您是老師嗎？」

最近有一天陪女兒去看大學，中午用餐時，看著一群又一群的學子們，年輕的臉龐，輕快的步伐，青春正在飛揚，於是聯想到自己的大學生活。我問女兒：「如果我說我也是這裡的大學生，你想有人會相信嗎？」女兒想了一下說：「應該會相信吧，而且應該是屬於那種年輕時不好好念書，時常徬徨茫然，四處遊蕩，直到年長之後，才又發憤圖強回到大學念書的學生。」

女兒的調皮話語，讓我莞爾一笑。卻也如銀網似展開於大海，閃亮於時光之水面，撈捕一起大學往事。大學時期，我們系上有一位同學名叫約翰，是一位獨來獨往的男子。他年紀稍長，據說他年復一年的在外文系選修課程。常見他與外籍老師討論上課內容，又據理力爭他的觀點。是一位很有主見的學生，而且英文程度頗佳。他上課時，匆匆而來，下課後匆忙離去，與其他學生互動甚少，謎樣一般的老學生。

我和他僅有一次交談，或者應該說是半次。回想起來，那樣的交談並不完整，只能算是零碎的單向對話。有一天，上課之前，我和一位同學在信箱間看到約翰的一封信。約翰走進教室時，我們跟他說：「約翰，我們看到你的信喔。」他聽了，一句話也沒說，立刻衝出教室去，風也似的。留下我和同學一臉茫然。

不久之後，他回來了，跑過來問我們說：「信在哪裡？」約翰必定是屬於個性很急，又不習慣與人正面交談的一個人。所以，他一聽說有信，就立即衝出去，也不問清楚信在哪裡。

約翰，個子修長，頭髮稀疏，臉型消瘦，不修邊幅，牙齒也很不整齊。眼睛雖然炯炯有神，但是眼珠子總是閃著慌張警覺的神色。後來聽說，他雖然程度不錯，但是患有考試焦慮症，一遇考試就想逃避，所以總是無法順利通過課程的考驗。以至於年復一年，日復一日，重複選課修學分的日子。我們畢業之後，不知道他是否依然繼續這樣的生活？

我曾經想過，如果約翰的個性不適合念大學，又何必苦苦強求呢？但是接著又換另一個角度想，如約翰這般個性的人，要適應現實社會，必定困難重重。而他也許有一個經濟能力尚可的家庭，以及愛他樂意支持他的家人，資助他繼續過著大學生活。

大學校園，也許就是約翰的避風港口。雖然在他的航行地圖裡，總是無法順利拋下錨，固定船身。然而，當他來回踱步於這港灣時，勢必也望見了風景，享受了迎面微風，而「希望」也就在那裡了。

從「繭」開始

「他們經你而生卻非從你而來。」

——紀伯倫《先知》

大女兒近日忙於準備申請英國大學的入學考試（A Levels）以及藝術作品集，手指握筆之處紅腫瘀青，看在眼裡除了心疼，更多的是感動。

看著女兒幾乎要流出鮮血的手指，我表面若無其事，其實內心隱隱疼痛。教育小孩過程中，我一直處在調整步伐的狀態。個性直來直往不擅隱藏的我，若在以前看到此情此景，必定立刻將萬分疼惜的表情直接表達。然後驚恐問她：「疼痛嗎？是否要擦藥？」如今卻將這樣的情緒放在心底，只是關心的告訴女兒：「辛苦了。」因為我知道，孩子們並不喜歡我過於呵護甚至顯出驚慌的樣子。曾經因為這種慌張表情，女兒們甚至隱藏一些傷害與病痛。她們說，因為不希望看到我擔心驚慌的樣子。於是從日常點滴裡，我學習調整。母愛也需要成長。

天下的父母皆然，誰會希望孩子受苦？然而我知道，女兒將要走自己的人生大道，她需要培養自身的承受能力。對於生命的成長，她將自行體會與澆灌，誰也無法替代她。所以我必須學習給她空間與自由，培養獨立與勇氣。

「多痛，火花就有多燦爛。」

——台灣舞蹈家　許芳宜

看著女兒的手指頭紅腫之處，我想到國際知名的台灣舞蹈家許芳宜。她曾經擔任雲門舞集的首席舞者，後來赴美學習也曾經是瑪莎葛蘭姆舞團的首席舞者。關於她的報導，多次登上世界知名的雜誌與報紙，佳評如潮。譬如，〈Who needs a voice when you've got legs like Ms. Sheu?〉——《The New York Times》我想對於一位舞者而言，這無疑是最高度的讚譽。許芳宜一步一腳印的舞出自己獨特的舞蹈人生，觀眾欣賞她舞台上亮麗動人的演出時，或許不知道她的雙腳早就磨出厚繭。她歷經各種磨難與考驗，終於在舞台上如鑽石般綻放光芒。然而她說：「多痛，火花就有多燦爛。」

同時，我也想到享譽國際的小提琴家林昭亮，一位我所敬重的台灣音樂家。林昭亮熱愛台灣，這幾年花了不少時間進入台灣鄉下，把音樂帶給偏鄉的小朋友，對台灣音樂教育十分關注。當他下鄉表演時，曾經有一位小學生問他：「您經常練琴，手指是否會疼痛？」他回答說：「因為已經長繭了，並不覺得疼痛。」

昨天女兒從學校回來時，她面帶喜悅的告訴我，她的藝術科目考試得到滿分。啊！一切果真從「繭」開始，好像毛毛蟲變成蝴蝶一樣。

Happy

記得事業草創初期，有一段很長的時間，總是獨自一人守在燈火通明的辦公室，從清晨忙到深夜。忙、忙、忙，總有忙不完的事情。

「你要做到甚麼地步呢？」有一天婆婆問我。婆婆一定是受不了我沒日沒夜的工作態度，彼時的我，對於工作可謂走火入魔，廢寢忘食。不知從何而來的旺盛精力啊！如今回想起來深覺不可思議。

針對婆婆的這個問題，我不知道該如何回答，沒有答案。因為當年的我，還不懂設定目標。對於工作，我只知道全力以赴，竭盡最大的努力與心意去完成，這是一種無邊無際的工作態度，所以根本不清楚自己究竟要做到甚麼樣的地步。對於未來，完全未知，卻是充滿希望。

那時候，到了晚上，其他人下班之後，辦公室就只剩下我一個人，還有 Happy，他是一隻鬥魚。久而久之，Happy 和我建立起一種相依為命的革命情感。

早上一進到辦公室，鐵捲門拉起傳來嘩啦啦大聲響，Happy 從沉睡中醒來，開啟他一天之始的優游時光。而我也開始面對全新一天的大小事務，戰戰兢兢。

我總是先幫 Happy 換水，倒掉三分之一的舊水，加三分之一的新水，餵他一小撮食物。鬥魚不懂節制，再多的食物，他將全部吃光。曾經聽聞鬥魚飲食過度飽脹而死的意外，因此餵食 Happy 也就變得斤斤計較。

Happy 色彩鮮豔，全身晶亮寶藍，宛如穿著一身華麗晚禮服。他旋遊於圓形的玻璃魚缸裡，看著我。而我忙碌於這個辦公室空間裡，看著他。我覺得自己也像是一條鬥魚似的，身在一只生活的大型魚缸裡，重複奔波與勞碌。然 Happy 總是一派悠閒輕鬆，而我身心皆感繁重。

「好漂亮的鬥魚啊！」訪客時常這樣誇獎他。「是啊！我的同事，他叫 Happy。」我總是這樣介紹他，與有榮焉地。

大多數時候，Happy 人如其名，是一條性情快樂精神飽滿的美麗鬥魚。而他也喜歡我的辦公室音樂，他竟然會隨之起舞似的，以特殊舞步回應某些樂曲。這樣的動作讓我感到驚奇與喜悅，而我越覺得驚喜，他越是高興的舞動搖擺，以誇大動作，好像要取悅我似的。

後來，我發現 Happy 與我彷彿心靈相通。當我生病精神不佳時，他也是懶洋洋的樣子，有時候一動也不動的，停泊在某處，讓我有些擔憂。這時候的 Happy 完全異於平日的活潑亢奮狀態，而活潑亢奮正是我平日沉迷工作的寫實。

Happy他其實不只是一條鬥魚，他是我的朋友，一位鬥志力十足的好朋友，他曾經伴我度過無數孤單又艱苦的歲月。當我想起許多年以前，我們在各自的魚缸裡對望的日子時，我的眼眶裡竟然裝滿淚水。

車站三人行

七月的一個高溫天氣，我在布里斯托的火車站。布里斯托位於英格蘭中部，號稱英國第八大城。

正逢下班時間，是交通的最顛峰，心情最疲憊之際，恰巧也是入夏以來最悶熱的一天，攝氏二十八度。月台上擠滿的人群像一片汪洋起起伏伏，海水從四面八方湧進來。剛好有多起火車遲誤，月台更顯擁擠。耳邊充斥轟隆轟隆的火車聲，以及嗡嗡嗡嗡談話聲。

車站廣播不斷，是關於車班遲延的消息。廣播結束前，都會附帶一句：「某某火車公司因為耽誤您的行程，致上歉意。」而她每講完一次，心浮氣躁的哀嘆聲音好像波浪，再次掀起，再度褪去。

然而，多數旅客很快的調整心態，盡量選擇最舒適的姿勢，繼續等待。因為，也只能如此了。這就是人的潛力。於是有人閱報，有人聊天，很多人低頭滑手機，有大多數的人，看著火車要來的方向，也有人看人，看著人來人往的眾生面相。這長長的月台好像展示台，每一個人都是模特兒。

我的眼前是一位中年女士，黑色及肩頭髮，慈祥面貌，穿暗色上衣，花色的及膝裙子，不同於時下年輕女孩的超短裙子。裙子長度，也是代溝的距離。這位女士與一位年輕女孩談話，這位年輕金髮女孩，約二十五歲左右，穿著一件連身洋裝，很有型的短髮，她的太陽眼鏡高掛在俏麗短髮上，踩著高跟鞋，站成一種自信滿滿又得意的姿態。肩上的皮包，看起來頗昂貴，整體搭配得宜，很吸引人注目，手機品牌是Apple。這兩人可能是同事，有說不完的話。但是，大部分時候，都是金髮女孩在說話，而且帶著一種傲慢目光，東張西望。而中年女士溫柔傾聽，適時回應。

後來，來了一位樸素的年輕女孩，也是剛下班的樣子，她與金髮女孩認識，走過去誠懇地打招呼。金髮女孩敷衍點頭，勉強擠出來一點點笑容，淺淺的，很表面的笑容。她以不屑的眼光，斜斜的眼神，看了樸素女孩一眼，就轉身與中年女士繼續聊天，樸素女孩被冷落一旁。好耐人尋味的一景，是怎樣的關係，會有那樣的打招呼？是否有過節？是情敵嗎？還是工作上的對手？

樸素女孩一直安靜地站在旁邊，表情有些尷尬，不知所措，偶爾看著手機。若是彼此相處會尷尬，在長長的月台上，她可以遠離啊！我想。但這樸素女孩，為何還是繼續站在那裏？或者她們之間並無過節，只是彼此無話可說罷了。還是，這剛剛開始上班的樸素女孩，還未學會圓融，尚且還不知道該如何處理這樣的尷尬時刻？

這三個人的位置，好熟悉的位置。每一個人，一定都有這樣的時刻：有時候，我們擔任中年女士那樣的角色，安靜聆聽。有時候，又帶著像金髮女孩的任性與自我，發表意見。同時，也免不了像樸素女孩那樣被冷落的時刻。

克蕾兒

克蕾兒是我女兒的同學。

克蕾兒的父母親和哥哥以及祖父母，和我們在同一個教會。祖父彼得八十六歲，是一位退休牧師。老人家動作緩慢，卻是神采奕奕，精神抖擻。彼得退而不休，偶會上台講道，分享內容總是誠懇又具有啟發人的意義。克蕾兒的祖母八十五歲也是一位勤快的老人家，我們一起舉辦過慈善活動，她出錢出力，默默付出。

有一年聖誕節前夕，在女兒的學校音樂會現場，一進到會場我們巧遇克蕾兒全家以及祖父母。

「嗨！珍妮今晚表演甚麼？」

「她今天晚上表演長笛，克蕾兒呢？」

「克蕾兒是合唱團的成員，她今天唱歌。」我們說著說著，音樂會即將開始。

克蕾兒一家人和樂融融坐在我們前一排的座椅上。音樂表演中，我望著這三代同堂幸福無比的背影畫面，十分羨慕。反思於自己異鄉生活的情景，突然有些顧影自憐。這些年來，女兒們參加鋼琴比賽，屢屢得獎。女兒接獲獎盃的榮耀時刻，不經意的總有一個念頭閃過，如果她們的祖父母們也能分享這份榮耀，該有多好！心中一絲絲的遺憾逐漸擴散開來。

音樂會過後的幾天裡，突然傳出消息說，克蕾兒的父親彼得，是的沒錯，她的父親也喚作彼得，彼得此刻病危，急需大家關心代禱。我的驚訝難以言喻，那天晚上看到他的時候還是好好的啊！後來克蕾兒的祖母告訴我詳細情形，她說很多年以前，彼得的兩個腎臟功能盡失，後來幸虧妻子玲的體質與他相符，由她捐出一枚腎臟，彼得因此存活。多年來靠著這一枚腎臟，彼得過著正常人的生活，直到最近打了流感疫苗後，唯一的腎臟，功能突然惡化，十分危急，全家處於憂愁煩惱中。這時候我感受到了這一個家庭的沉重壓力。

我回想音樂會中的羨慕心情，頓時百感交集。每一個人，每一個家庭，都有其重擔以及不完美之處啊！讓我們為所擁有的心懷感謝，而且在能力所及之處，互相播下關懷的種子，讓愛心來填補因為遺憾所留下來的每一個隙縫。

懷念婆婆

最近愛上包水餃，一朵一朵水餃整齊排列在容器裡，一盒一盒擺放在冰箱冷凍庫內。需要時或水煮或蒸或煎，各具風味。一旦著迷於某件事，我便是無可救藥的上癮，連包水餃也是這樣。水餃不僅是營養的美食，也是方便的代名詞。

今天看著煎餃，她們似記憶之雲朵，往事飄浮於胸間。

煎餃早餐，那是結婚之後才知道的好滋味。我的婆婆，經常從關東早晨市場裡買回來一包一包的煎餃，那是煎得金黃顏色的餃子，澆上醬油香油或辣油，是婆婆的愛心，如今回憶起來仍然覺得很溫暖。同時，又感到一股深沉的遺憾。我想著，如果此時此刻能夠將眼前這些漂亮又可口的煎餃，淋上一些醬料，請婆婆享用，該有多好啊！

結婚之後立即創業，每天忙得天昏地暗日夜不分，幾乎沒有時間下廚或做家事。以至於婆婆健在的時候，在婆婆的心目中，我是一個不會烹飪煮食也不擅長做家事的媳婦。而她總是帶著疼惜我的心，包容我照顧我。她老人家一定沒有想到，如今我的廚藝已經不可同日而語了。

時間，可以造就許多的事情，包含你原本所欠缺的，譬如廚藝。然而，時間也帶走許多你原本所擁有的，比如親人。我看著鍋子上滋滋作響的餃子，隨著鏟子移動翻面，心情亦隨之激盪起伏。

我懷念我的婆婆，一位終生勞碌，總是為他人設想的老人家。

二十五歲

多年已過，如今鄭太太不知是否依然如當年一樣的優雅與美豔。她有一對水汪汪的大眼睛，骨碌碌地轉著，帶著楚楚動人的神情。不管是誰看了，都免不了在心裡稱讚，她是個標準的大美人。然而，她不僅是五官標緻，身材適中，也是一位懂得穿著品味的女士。她是我的客戶，擁有美貌又精明幹練的一位女士。

鄭太太有兩個女兒，她們皆遺傳母親美麗又明亮的眼睛。因為當時她們年紀尚幼，未知日後氣質是否也如母親這般的雍容華貴。

「我們都不知道，媽媽真正的年齡，她每年都說她二十五歲。」有一天鄭太太她的小女兒嘟起小嘴說著。

當時我尚未當媽媽，無法理解為何要跟自己的女兒隱瞞年齡。

後來我當媽媽了。小孩天真的言語帶來許多歡笑，然而在公共場合，有時也會讓我很尷尬。比如有一次帶女兒去看病，醫院候診室裡有滿滿的人潮。護士喚女兒的名字：「×××，先量體重。」我帶著女兒站到體重機上，量完之後，護士記錄妥當。這時候，還在牙牙學語的女兒突然說：「媽咪，換你。」女兒要我站到體重機上。「走吧，我不需要量。」我說。

「媽咪，換你。換你。」女兒不肯走開，口氣堅決。我只好在眾目睽睽之下，站上體重計。

「幾公斤？」我沒有回答。「媽咪，你幾公斤？」大家都看著我好像在等答案似的，場面尷尬！

後來女兒也開始問我：「媽咪，你幾歲？」對於牙牙學語的小孩而言，數字尚未有意義，我猜想。

「二十五歲！」我脫口而出。

從此以後，二十五歲，就是我關於年齡的標準答案。直到有一天，一位年輕朋友來訪。我在前面開車，女兒與朋友坐在車子的後座上，我聽見了她們的對話。

「大姊姊，你幾歲？」女兒居然會找話題。

「我今年二十六歲。」朋友回答。

「那妳比我媽媽大一歲囉。」

原來數字對於小孩而言，並非毫無意義。好尷尬！好尷尬啊！

街頭的守候

回想起來，大概只有年少的時光，才會輕易丟擲光陰也不覺心疼。

青少年時期那一段街頭等候的時光，就是任時間悠遊而逝。國中三年級時，每當輔導課結束後，若是天色昏暗，我因為害怕獨自行走山路，就在街上的一家西藥房等待從台中下課回來的姐姐，一起走路回家。

我坐在西藥房內，那一排座位的最外面那一張椅子上，枯坐乾等。我甚麼事情也沒有做，只是望著街頭的零星行人，定睛看著姐姐的公車是否已經出現。因為當時沒有手機可以聯絡，我必須很專注的看著來往行人，否則容易錯過姐姐的身影。

猶然記得藥房老闆娘的神情，她戴著老花眼鏡低頭閱報，時而抬頭看著周圍，同時也看我一下，偶爾也有顧客上門。店面的擺設是傳統西藥房的樣子，角落放置一張桌子，桌面是透明塑膠墊，有些汙垢，桌墊緊緊壓住幾張名片。桌面前方角落有一具電話，電話偶爾響起。老闆娘端坐桌前，掌控全局的架式，一覽無遺。高高的透明玻璃櫥窗內，排滿藥罐藥品，室內瀰漫苦藥味。

這位老闆娘，她也在等候她的女兒下課回家用晚餐。她的幸運女兒，佔盡地理優勢，她一下公車走幾步路就到家了。每天，這飢腸轆轆的女兒，一回到家，扔下書包，就直接走進廚房用餐。

我的臉總是朝向街頭，看著外頭昏黃的燈光，一盞一盞的燃亮起來。天色越黑，我的心越著急，肚子更是飢餓。我黯然張望來往路人，我聽見了人們擦身而過時互道：「喫飽了沒？」我也看見隔壁賣油炸餅的店家，已經熄火收攤，留下烏黑的灶頭以及幾張矮板凳。

當時或許也想過拿起書本，或者英文生字卡試著背誦閱讀。但是，總是心不在焉。我聽見西藥房內，她們的餐桌上，母女二人的簡短談話，筷子夾菜輕輕碰觸的聲音，滿口食物，細細咀嚼的窸窣聲。吃完飯菜，我又聽見她們舀起湯，呼嚕呼嚕的喝起來。然後，他們吃飽了，一陣收拾餐盤碰撞的大聲響，清洗碗盤嘩啦啦的流水聲音。我的肚子咕嚕咕嚕的吵著。

我從來不曾進去過她們家的廚房，也從未見過她們餐桌上的食物。但是，有一段時期，我認定那是最美味的晚餐，裡面有最溫暖的空間，然這一切又有苦藥味瀰漫飄溢。

於是，在那段空洞蒼茫的街頭等候時光裡，我於心底編織了一幅混合圖景，既溫暖又苦澀，是以味覺與嗅覺混合建構的一則記憶。苦至喉頭，甜達心頭。

關於H鎮的回憶

每次跟佩姬見面，總要佩服她打扮自己的心思。譬如，她一定穿戴假睫毛，我每次都要忍不住，目不轉睛地盯著她的眼皮看，看這一對毛毛蟲似的濃密睫毛，眨啊眨的。難以想像薄薄的眼皮竟然可以承載如此的重量。而她的臉龐也一定塗滿厚厚粉底，再精心繪上濃淡深淺合宜的彩妝。我打從心底認定佩姬是一位藝術家，真正的生活藝術家，她的臉蛋是一面立體調色盤，她每日勤於作畫上彩。與佩姬站在一起時，我覺得我是一張黑白照片，而她是顏色鮮豔的彩色照。

佩姬的穿著也是年輕富有朝氣，經常是長筒馬靴搭配迷你短裙，外加牛仔短外套，而且她還大膽的將頭髮染成桃紅色。從背後看過去，簡直就是美少女模樣，誰也看不出來她已年過六十歲。佩姬經營花店，她其實就是一朵最燦爛的花朵。

佩姬說她結婚前住在英格蘭北方的H鎮，享受過一段自由自在的單身生活，語氣中充滿「往事只能回味」的慨歎。佩姬晚婚，她在四十歲那一年才結婚，婚後養育子女，日子因而操煩勞碌，與昔日單身生活的快活相比較，不可同日而語。聊天之際，佩姬無奈的心情，一不小心全部洩漏。

原本抱持單身主義的佩姬，四十歲那年認識二十七歲的葛蘭，兩人因相愛而結婚。雖然佩姬總是開玩笑地說，一定是那天喝酒過多，才會答應葛蘭的求婚。他們二人年齡懸殊，但是善於裝扮的佩姬與有些頹廢又有點駝背的葛蘭站在一起，說真的誰也看不出來他們的年齡差距。甚至經常一臉疲憊的葛蘭反而老態畢露，不似佩姬神采奕奕。

我話題扯遠了，我其實想說的是關於佩姬的故鄉H鎮。這個位於北方的典雅小鎮，有佩姬美好的年輕回憶，卻是勾起我一件十分羞愧的記憶。大約八年前或者更久一些，我們全家旅行到H鎮。天空湛藍，陽光普照，走在這充滿藝術氣息的古樸城鎮裡，一切靜好。然而，一切的美好印象，就在尋找廁所時畫上休止符，或驚嘆號，或者句點之類。總之，就是變調了。我現在想起這件事情，內心還是充滿羞愧及疼痛，但是又很想笑出來。

當時，我牽著兩個年幼女兒尋找廁所，我們來到這一家博物館。博物館內的接待小姐，十分善意地說，廁所是提供給買門票進入參觀者使用，但是沒關係，她讓我們進去。她可能是看在我兩個可愛女兒的面子吧！我猜想。

女生廁所有三間，其中第三間是殘障者專用。我讓女兒用另外的兩間，我用第三間。因為不諳殘障者專用的廁所，使用結束，我按下馬桶沖水時，居然誤按急救的那條警鈴線。

嗶！嗶！嗶！嗶！嗶！瞬間警鈴聲大作，緊急又響亮。博物館內所有人員以及所有客人，全面慌張，動作很大，腳步聲揚起，從四面八方湧過來。

我一再道歉，道歉，再道歉，十分羞愧。印象最最深刻的是，當我經過接待櫃檯，跟這位善心小姐致歉時，她的表情還是一臉不悅。我只好趕緊牽著女兒們走出博物館，而這僅僅三五步路的旅程，卻是漫長難熬。我感到腦後有如針或箭一般的武器，從我的背後直直穿刺過來。喔！好痛。我現在想起來還是會痛。

目光會殺人！我相信，我真的相信。因為有那一次的經驗，我才相信。

在旅途中

叛逆

清晨六點，搭乘橫渡英吉利海峽的渡輪前往法國，船上好擁擠。

終於找到一處可以坐下休憩的桌椅，隔壁桌也是一個家庭，壯年父母親和一對子女。這家庭是一個好可愛的組合。爸爸媽媽和姊姊身材都肥胖，姊姊彷彿就是媽媽的迷你版本，一模一樣，連坐姿都像。最特別的是，這個小兒子卻是一個瘦小男孩，其實他看起來是正常健康的樣子，只是與其他家人比較才顯得瘦小。

同一家人，有相似的飲食與生活習慣。但是，這男孩為何體型不一樣？我看著這個東跑跑，西跳跳，時常被父母訓斥的小男孩，我猜想他的個性應該不同於乖乖坐在媽媽身邊安靜看書的姊姊。那麼，他在飲食上，必定也很「叛逆」。

「叛逆」，有時候也不一定不好。

一百年的慶典

再度來到巴黎，將步入最熱鬧的市區時，發現重要街路皆封鎖，又有警員維護秩序，莫非發生重大事故。但是看見警員們神情輕鬆喜悅，感受到一種辦喜事的氣氛。一開始不明白為什麼，後來就想到了：這一天是環法自行車賽的結束日，而今年剛好是一百週年慶。民眾的熱情燃燒一百年了，可喜可賀。

圍牆

這棟房位於巴黎的市郊，有高高砌起的圍牆以及厚重的大門。高牆鐵門總是令人安心，尤其旅遊在外時。度假屋有寬敞舒適的空間，庭院裡有照顧妥當的花草植物，這是一座讓人心生喜悅的庭園住宅。

我們喜歡在花園裡度過晚餐時光。當夕陽西下，天色漸漸暗起時，茉莉花隨風飄送芳香氣息，鳥兒在樹梢間吱喳鳴唱，這是一段輕鬆時刻。而這一切拜圍牆所賜，高牆帶來自由，真奇怪的理論，卻是事實。難怪人們到處建築圍牆。

既有高牆庇護，門窗也就放心大開。七月的巴黎，天氣悶熱。出門時，因為放心，理所當然的就讓樓上窗戶以及屋頂上的天窗繼續大開，甚至恨不得將整片屋頂掀開來。這樣的熱天裡，早就讓人忘記下雨天的滋味，誤以為雨季永遠不會再來了。

有一天，我們如常頂著烈日出門，天空一片晴藍，而陽光亮麗。這種情況下，氣象報告卻說：「今日會下雨。」不禁讓人嗤之以鼻的想：「氣象預告未必正確。」

我們當日行程是拜訪羅丹美術館，期待一睹「沉思」真面目。坐上地鐵，抵達目的地時，地鐵站出口處擠滿人群。而匆忙跑進來的人，個個全身溼答答。我們探頭望出去，發現外面風雨交加，風雨量是只要一分鐘就會讓你全身濕透透。

啊！真的下雨了。糟糕，窗戶沒關。更糟糕的是，連天窗也沒關。原來，圍牆不一定帶來安心，有時，反而讓人掉以輕心。

日光浴

熱情的大太陽，將古典的巴黎曬得白皙亮透，銀光閃閃。攝氏三十四度的高溫裡，風情萬種的巴黎，烤箱也似的滋滋作響，滿身大汗，香汗淋漓。

優雅的香榭里舍大道，人群如浪潮，一波又一波地湧動起伏。除了觀看環法自行車賽的群眾，還有遠道而來的大批觀光客，於是這條原本寬敞的大道，顯得很擁擠。

這時候，有一位女士，穿著清涼夏裝，呈大字形狀仰躺在路旁的大樹下，閉起眼睛睡覺。她完全無視於周圍觀看環法自行車賽的歡聲雷動加油聲，以及路人走過去一雙雙好奇的眼睛，在她全身上下打轉。有人驚訝：她真放得開啊！有人擔心：她會不會是熱昏了頭？也有人羨慕：整天走路雙腿發酸，恨不得像她這樣躺下來。

一向都是如此，不在乎旁人眼光的人，活得最自在。

清楚的溝通

巴黎的度假屋主人克莉絲汀，是一位懂英文的法國太太。我們除了電子郵件以及電話溝通外，未曾見面。住進這裡後，所有關於房屋事宜，她全部委託保羅處理。

保羅是一位勤快的法國男士，做事情效率也不錯，他個性友善客氣，總是面帶微笑，但是美中不足的是他不會說英文，而我們又不懂法文。跟保羅無法溝通時，我們就打電話給克莉絲汀，由她在電話中幫我們翻譯，所以彼此溝通還算順利。

有一天晚上因為洗衣機無法打開，趕緊跟克莉絲汀聯絡，十分鐘後保羅立刻趕過來協助。保羅這次來的時候，身邊帶著一個五歲左右的小男孩，男孩長得跟保羅完全相同樣子，髮型一樣，身材相似，臉孔相像，微笑一樣，連穿著風格也雷同。

雖然語言不通，一看就知道，這是他的兒子。不需要翻譯也知道。

尿尿小童

布魯塞爾的尿尿小童是當地的觀光勝地，吸引眾多遊客慕名而來。千里迢迢來看過的人，總會驚呼說：「這麼小啊！」其實就是尿尿小童啊，名正言順的。

關於尿尿小童的傳言是，數百年前，有一位五歲男童，深夜起床尿尿時，看到敵軍正要點燃炸藥引信，企圖炸毀全村。正好被男童見了，趕緊以尿熄滅拯救全村，小童因而成為英雄。

這故事疑點頗多：誰聽說五歲男童深夜會起床尿尿？好吧，如果他是特例，那麼五歲男童豈會認識炸藥引信？好吧，就算他認識，但是小童深夜半睡半醒之間，小便時如何精準澆熄燃燒中的引信呢？

真相已經久遠不可考據。現在的事實是，尿尿小童吸引眾多的觀光客，為布魯塞爾帶來大筆財富與商機。不僅是各式各樣的紀念品、巧克力、糖果等等，以尿尿小童的可愛模樣製作而成，連公共廁所的收費也因為沾了尿尿小童的光而加倍。就在尿尿小童雕像隔壁的食品店窗口，張貼一張醒目的如廁廣告，索價一歐元，比其他地方多了一倍，令人莞爾一笑。看過了尿尿小童之後，想上廁所的人勢必不少；是另一種商機。

紅燈區

走在阿姆斯丹市區的這條河道時，我專心欣賞左岸的河流風光。走完這條長長的水邊大道，我們找一家咖啡屋坐下休息。

女兒問我：「是否有看到那些怪怪的女人？她們站在櫥窗內招攬客人。」誤闖紅燈區了，我居然完全沒注意到。因為好奇，我於是折返回去尋找。等我看完之後，再回到咖啡屋會合。

女兒：「有沒有看到？」

我：「有啊！有一個身材豐滿的女人還在玻璃內以表情問我，是否要進去？」

女兒驚呼：「媽媽！你到底是怎樣看人家的？」

我：「就是像一般時候的觀察，想仔細看看她們的樣子和裡面的擺設。」
女兒：「我就知道，媽媽！不能這樣看的。」
我：「那要怎樣看？」
女兒：「就是要看起來好像沒有在看的樣子啊！」

遇見虛線

從阿姆斯特丹往北方開車的路上，有一段新開道路，很新很寬敞很少人行駛，好像昨天才剛剛完成的新。我們因錯過導航系統的指示而進入這裡，因此行駛在這段路上時導航系統出現虛線，她無法辨識這段新路。我們帶著忐忑不安的心，滿心疑惑，行駛於在這段無法回頭的高速大道上。直到這段虛線結束接上實線，一顆心才安穩下來。

生活中，難免如此：遇見虛線。

對比強烈的生命

從早上九點半到下午三點，一刻也沒有停止的在位於阿姆斯特丹的梵谷美術館內，從一樓到四樓欣賞這裡的每一幅作品。細細觀看每一幅畫作，亟欲了解畫家作畫的心境，好像在閱讀一篇又一篇的故事。複習原來對梵谷的印象，同時也看見新的梵谷。

對於畫家的一生，除了讚嘆與感慨，也看到極大的對比。比如，梵谷生前，其畫作無人欣賞，如今卻被現代人以高科技，如X光和顯微鏡等，放大數千倍觀看。現代人竟是如此渴望看透梵谷的圖畫，即使那些非肉眼所能看見的細節部分，人們也不願錯過。梵谷從前不被看見，如今卻被放大細看，是不是很諷刺？

又譬如，梵谷寫給弟弟西奧的信中，他悲傷無望的說：「我是一個失敗者，而這將是無法改變的事實。」這是梵谷的最後一封信，尚未寄出。信中自認為失敗者的梵谷，如今在他的美術館外，每天都有大排長龍的人潮爭相目睹他的畫作。而世界各地的人們熱切討論他，他生前賣不出去的畫，如今已是天價。在生命的長河裡，梵谷顯然是一位成功的藝術家，然而，他卻是以失敗的身分演出這個成功的角色。

梵谷的畫作擅長使用對比強烈的色彩，好像他的生命，充滿矛盾與對比。看完梵谷美術館內的最後一幅畫時，我忍不住長長的嘆了一口氣。

荷蘭市集

在這個荷蘭市集裡，年輕男子介紹說：「這是傳統的荷蘭甜食，有三種口味：蜂蜜、薄荷和香草。」他熱心的補充：「薄荷口味可以治咳嗽。」他說荷蘭話，我們聽不懂，他表演咳嗽的樣子，我們立刻就懂了；肢體語言淺顯易懂。

這名荷蘭男子好奇的問：你們從哪裡來？」

我說：「台灣，聽過嗎？」

他說：「我知道。」

J問：「荷蘭人很早來過台灣，你知道嗎？」

他說：「不知道。」

J說：「當時台灣叫做福爾摩沙。你聽過嗎？」

他說：「沒聽過。」

J說：「學校上課時沒有提起嗎？」

他說：「我功課不好。」（表情有些羞澀。）

J說：「你們學校的歷史課沒有教嗎？」

他說：「歷史不是我的強項。」（真正意思是，他另有強項。自信心重建中。）

我們後來沒有買就走了。

女兒們說：「這人好可憐，他也許正在自責，因為歷史沒念好，生意才沒做成。」

度假的方式

我認識的人當中，有人度假時，甚麼也不做。他們整天躺在海邊曬太陽，肚子餓了吃東西，有時候看看書，有時候連書也不看，很閒散的度假方式。譬如，我的朋友瑪莉，她就是這樣。瑪莉度假時一定是帶著比基尼，太陽眼鏡和防曬乳，整天躺在游泳池畔曬太陽。曬成一身古銅顏色的皮膚回家，這樣就是一次豐盛的旅程了。

我認識的人當中，也有人不是這樣。他們度假時，喜歡將行程排滿，可能是學習充電，也有可能是深入了解當地的文化。譬如，戈富爾這一對八十幾歲的英國老夫婦，他們就是積極學習，一生奉行活到老學到老，一刻也停不下來的典型。

關於度假的方式，其實你在對方平日的生活態度裡，就可以看見了。但是不要以為瑪莉就是懶散的人，瑪莉是一位日理萬機的名律師，平日生活在高度壓力裡，所以一到假日，就設法讓自己處於完全空白的狀態。但是也不要依此類推，以為戈富爾夫婦平日閑散，所以才要在假日裡非常忙碌。他們老夫婦二人，即使退休多年，也是積極參與各類社團活動，行事曆滿滿，日子過得並不悠閒。

度假方式，可以細究分析，洞察更深層面的訊息，而非僅止於表面觀察。這樣的道理，可以應用在各方面，各種場合。

表面的觀察，總是膚淺。卻也是一般人的方式。

潘思維克山丘的風景

走潘思維克山丘，通常只需要一雙舒適的走路鞋以及一瓶礦泉水，就可擁有一個寧靜美好的早晨。但是今天需要更多耐心，因為連續幾天細雨綿綿，此刻難得風和日麗，來到這座山丘的人們，突然增加許多。不僅是走路健行的人，還有遛狗的人，又這裡也是一座高爾夫球俱樂部，所以同時出現許多打高爾夫球的人。為何需要更多的耐心呢？因為行走之間，總要禮讓這些揮桿打小白球的長者。在這裡，打球的人享有優先權，這好像在荷蘭，騎單車的人也是擁有較多優先權，不管是走路的或是開車的人，都會禮讓騎單車的人。

是不是因為打球者皆為長者，所以一般健行者也就習於禮讓老人家？但是其實並非如此，因為也看過有些青年來打球。所以趕緊轉換到另外一種思維模式：被小白球打到會很痛吧！誰膽敢冒此風險？

眼前有一位長者，強力揮桿之後，球已經偏離許多。他走到滿地落葉的草地上低頭尋找小白球，他說：「That’s awful!」（真糟糕！）我微笑以對。因為在層層疊起的秋葉堆中，地面色彩繽紛，有些葉片還翻白，真是找球大不易。這時，我想起一個笑話。

老王和老李一陣子沒見了。相見甚歡，互問近況。

老王：「最近沒去打高爾夫球了，因為視力不好，總是找不到球。你呢，最近好嗎？」

老李：「我的視力還不錯，就是記性較差了。這樣好了，我改天陪你去打球，幫你找球。」

老王：「好啊！好啊！」

第二天，在高爾夫球場上，老王漂亮的揮桿之後。

老王：「看到球了嗎？」

老李：「看到了，清清楚楚看到了。」

老王：「走吧！我們一起去撿球。」

老李：「我看是看到了，但是忘記在哪裡了。」他一臉無辜的說著。

這笑話若有所冒犯請見諒，我的女兒在小學時，有一天放學回家途中跟我說：「媽媽，你有沒有發現很多的笑話其實都會冒犯某些人？」

我當時聽了，不得不佩服女兒所言。笑話會冒犯他人，大家心裡有數。但是，我第一次聽到有人這樣正式的說出來，而且又出自於一個小孩的口中。

潘思維克山丘，四季風貌迴異，處處是風景。曾經在一個秋風蕭瑟的下午時刻，溫暖的太陽高高升起，鋪曬整座山谷，大地金黃澄亮。當我們走向山丘的最高處時，遇到一對年老夫婦，兩人步履蹣跚，一起推著一個手推車走上山谷。

「需要幫忙嗎？」我問。

「不用了，謝謝你。」他們客氣回應。

我看到這手推車裡面，躺臥一隻狗，身上蓋著一條毛毯。我問：「是幼犬嗎？」我的直覺是，有些幼犬尚未打預防針時，主人不允許牠們到處跑。老太太說：「這是一條老犬，年紀太大走不動，我們帶她出來曬太陽。」

我的內心升起一陣溫熱，這是一幅老夫婦以及一條老狗，互相珍惜相互疼愛的風景。每次走到潘思維克山丘的這個上坡位置時，總會憶起這故事。爬到潘思維克山丘的最高點時，強風呼呼呼吹起來，但是想及此事，寒意卻除倍感溫馨。

潘思維克山丘上，處處有風景。邊走邊看邊想，每一幅風景都動人。

寂寞餐桌

今日再度來到這座城市。

車子經過這個大圓環時，我從車窗眺望出去，恰巧瞥見這一家號稱該市網路票選第一名的中國餐館側門，餐廳名稱「五月花餐館」。這是很普遍的中國餐館名稱，幾乎所有英國的大小城鎮都有一家「五月花餐館」。車陣繁忙的圓環裡，我在車內隨著車身大轉彎之際，一件往事也隨之旋轉於心間。

夏季即將結束前的一個周末下午，我們正在挑選一家中國餐館作為慶生之場所，於是想到附近這座大城市。上網搜找的結果，看到關於網路票選的中國餐館名單，榜上有名的共有十家。我們經常拜訪而且很滿意的那一家餐館，外觀富麗堂皇食物美味可口，卻也只有排名第五。所以很自然而然的猜想，這第一名的餐館應該更值得期待了。

電話中再三確認地址無誤，訂位妥當，甚至連停車位置也確定清楚後，隨即出發。但是，我們的衛星導航系統卻在行駛於這個大圓環時，竟然宣布說目的地已經抵達，導航任務結束。我們東張西望遍尋不到這家餐廳。後來莫可奈何的來到一條小巷裡，暫停車子打電話跟餐館求救。就在這簡陋的巷弄裡，看到了一個陳舊褪色的小招牌「五月化餐館」，花字上面的草字頭已經不見。頹廢的模樣，一點也不像第一名應該有的樣子。

我們半信半疑的依照指示走向餐館方向，首先需要經過狹窄階梯，才能走進入口處。階梯上氣味不佳，尿騷味充斥，想也知道這裡就是流浪漢或醉漢深夜逗留之處。這真是第一名的餐館嗎？心中充滿疑惑。此時迎面走來一位華人男士，我問說：「請問這是往中國餐館的路嗎？」「是啊。」他回答。「請問這家餐館好嗎？」他立刻豎起大拇指說「This is the best.」我問他：「請問您是這家餐館老闆嗎？」他聽了立刻哈哈大笑。「不！不！不！」他連續說了三個No，他說他是這裡的常客，家庭聚餐經常來此。

向前走去總算找到餐館正門入口，整個氣象頓時改觀，大餐館的形象終於浮現。原來剛才走的途徑是側門，鮮少人走的小路！這是一家忙碌的餐館，生意極佳，不知是否都是聽信網路票選第一名的消息而來。

用餐之際，有一雙鞋子走過去的「叩叩叩」聲音吸引我的注意力。我的目光立刻緊隨聲音看過去，那是一位華人女子，她修長的身軀，踩著細細長長的高跟鞋子，經過我們的桌子。她上完洗手間，補好了濃妝，再度「叩叩叩」的走過我的身邊，我的目光跟隨著她的身影，回到她的男伴面前坐下。她背對著我，我看不到她的表情，但是我卻清楚看見這男子的正面。這是一位後中年的英國男士，有著一對寂寞的眼睛。他們二人開始聊天，男人專心看著女人，因此也無視於我也正在專心看著他的表情變化，那真是赤裸裸的表情啊。他的眼睛燃燒似地看著女人，著火似地上下打量她，男人目光時而流連在女子胸部，有時注視女子眼睛。我沒有看到女人的臉部表情，但是從背後看著她的撩人手勢，撥弄頭髮的樣子，穿著迷你短裙翹腳的迷人姿態，我完全可以想像她的臉部是如何的挑逗著對方。我全憑想像，但也應該不致太離譜。

後來女子從她的皮包裡拿出一份文件與筆，心神有些不寧的男子，面對文件時，一開始表情有些遲疑，但是後來還是乖順簽妥。他究竟簽下了甚麼？我不禁為他捏了一把冷汗。女子滿意地收起文件，喚來餐廳的服務生買單，這頓餐飲由女子付費。一切彷彿都在她的掌控之下，任誰看了都明白。

這女子，一頭大波浪捲髮染成褐色，從她的全身上下，可以看見她刻意打扮自己的心思，雖然品味略顯庸俗，但也足夠獵捕這名男子寂寞的眼睛與心思。這男子全身上下彷彿燃燒高溫，理智全然被驅趕撤離，只剩下寫滿慾念的一張臉。

後來他們二人起身離開，我望見了二人背影。女子昂首走在前面，叩叩叩的腳步聲音，好像勝利的號角聲吹起。男人微微駝著背在後面跟著，二手放進口袋裡，體內燃燒的溫度似乎已到盡頭，剩下灰燼。

在這二人餐桌上，我看見了一場追逐的遊戲。好寂寞的餐桌啊。

愛是助動詞

約翰擔任這份月刊的編輯多年，至少七年。從認識他開始，他一直在負責這份義工性質的工作，約翰默默付出時間精力與金錢，從無間斷。即使出國度假，他也會在出門之前提前完成刊物。我佩服這樣的人，有恆心決心的完成一件事，沒有藉口與推託，雖然是一件小事。

觀察夫妻的互動中，反應通常有二種。第一類是，哇！好相似的兩個人，這時候我們會說物以類聚。第二類是，完全不同的兩個人，這時候我們就說這是互補作用。

約翰和妻子瑪莉是屬於第一類，他們好相似，外貌相像，屬於高挑清瘦型，性情類似，皆屬拘謹友善。他們的體型不因年紀漸長而發福，看到他們標準的好身材，才知道對於中年以後開始發福的人經常發出的感嘆「年紀大了，新陳代謝差。」完全是藉口。個性嚴謹的他們，飲食必定也是小心翼翼，吃下的熱量或許經過審慎評估與精算。關於鹽，他們應該是屬於切實遵守一天低於六公克的人，所以才會擁有這樣健康又標準的好身段。

約翰喜歡爬山走路，瑪莉在醫院書店任義工。瑪莉還有一項興趣是做沙發椅；一般人的休閒興趣不外乎是閱讀、運動、音樂、攝影或集郵，第一次遇見把做沙發椅當作興趣感到很新鮮。我還有一位朋友，他的興趣很特別，是觀察天氣。他並非只是看看晴天或雨天，而是在花園架設儀器，紀錄風向、風速、氣溫、日出與日落的時間，聽起來一點也不像是興趣，反而很專業。當我聽到瑪莉做沙發椅時，我想到的也是專業而非興趣。然而專業或興趣的定義很難說，有人把專業當興趣，也有人把興趣當專業。

今天是我第一次看到約翰和瑪莉的其他家人，他們的女兒女婿和兒子媳婦以及五個孫子女，遠從北方來拜訪這對老人家。在這場聚會當中，我發現約翰眼觀四面耳聽八方，眼神總是游移在這些兒孫身上。他觀察現場每個家人的一舉一動，若有需要的有遲疑的有哭鬧的，他立刻出面協助，他一刻也閒不住的神情，一覽無遺。

看著忙碌的約翰，我恍然大悟，原來，「愛」並不是靜止的名詞，也不是甜蜜的形容詞，「愛」也不只是動詞，「愛」她其實是助動詞。百科全書說，助動詞是一種可以改變主要動詞意義的一組動詞。這些助動詞不能自已單獨使用，必須要與另外一個動詞配合使用才有意義。「愛」不也是這樣嗎？

星光閃亮

靜靜的等待中，外面下雨了，滴答滴答滴答打在玻璃上。細細長長尖尖的雨絲，點擊墜落在窗戶玻璃的光滑表面，形成細細汨流的修長水柱，她們沿著玻璃滑溜下來，好像眼淚潸潸流下來。

雨越下越大，越下越多，越下越急，神色匆匆忙忙，急急碰觸玻璃，水花立刻濺散開來，形成一片汪洋，眼睛濕成一片。

在醫院的等候室裡，每一張臉孔都有心事，大家攜帶輕重不一的重擔而來。每個人都安安靜靜等候，唯獨這個媽媽和這個兒子。兒子是黑白混血男孩，大約十歲，性情活潑好動一刻也不願安靜。他一下子去水族箱嚇魚，一下去飲水機玩水，接著又去自動門玩著開門關門的遊戲，後來還跑出去淋雨。

這位媽媽不斷輕聲叫著，「Will! Will! Will!」（William 的小名）。媽媽不斷指著她身旁的椅子，央求兒子坐下來。Will 好不容易終於坐下來，但是他手上拿著塑膠杯子把玩，擠壓擠壓再擠壓，不斷發出聲音來，劈啪劈啪劈啪，越來越來越大聲。媽媽輕聲制止，又是喊著：「Will! Will! Will!」接著 Will 又起來走動，四處玩耍。

這位年輕媽媽，有一頭染得艷紅的頭髮。她將頭髮緊緊盤起，髮絲一根一根清清楚楚豎立起來，露出光溜溜的脖子，讓我看見了耳背上的刺青「LOVE」。莫非是一個渴望被愛的女人？而這也是每個人的渴望，不是嗎？接著我又看到了她脖子後面的刺青，是大大小小排列的星星。

這女人的雙頰塗抹厚厚的腮紅，卻遮掩不住一臉的疲憊。她不斷輕聲叫喊，「Will! Will! Will! 坐下來吧！」然後長長嘆了一口氣，好疲倦的氣息。她戴上長長的假睫毛，卻無法讓人忽視她飽含在眼睛裡的無奈。

她指著身旁的座位懇求說著，「Will! Will! Will! 坐下來吧！」就在此時，我看見了她手腕上的刺青，也是一排大大小小的星星排列。好多的星星。她的內心深處，必定渴望星光閃爍，而每一個人也都是如此，不是嗎？

現實無奈，然而星光不滅。我在心裡祝福她。祝福她看見星光閃亮，特別是在最深最黑的夜裡。

懷念舊日子

老馬克最愛比較了。

他喜歡比較現在和過去。譬如，他常說：「從前啊，我們的童年都在戶外度過，不像現在的孩子，整天窩在室內，圍繞電視、電腦、電玩和手機。我們從前多好啊，親近大自然，健康又自由。」

馬克重視舊式傳統。每次談話，就感受到他舉起臂膀，一心一意要阻擋現代化潮流的決心。馬克不屑手機與電腦，不愛看電視，他們家是等到馬克過七十五歲生日後，得以免費看電視時才開始看（在英國，看電視需要付費購買電視證）。

剛搬到這個社區時，我們到馬克家裡敲門拜訪做自我介紹。馬克喜出望外說，他真喜歡我們這樣的老式作風，又說這曾經是英國的舊傳統，但是如今的英國人已經全然遺失這樣親切有禮的好風範。

馬克的妻子吉兒，個性與他截然不同。吉兒喜歡新事物，她老人家在幾年前就勤學電腦，現在與住在各地的子女們以「臉書」聯繫近況。

有一日，在市區開幕不久的購物商圈看到馬克。他西裝筆挺，帶著高帽，好像「007」。他一看到我就很高興過來打招呼，又看到我手中提著購物袋，問說：「嘿，J你買了些甚麼？」

他那種自然而然的樣子，好像你也必須要把袋子裡面的東西展現一下才夠誠意。

「就是這些毛線，我打算鈎織圍巾。」

「顏色還真不錯。」他看了看，讚美一下。

我心想，還好今天買的是毛線，如果是內衣或內褲，多尷尬啊。

「馬克，你也來購物？」我問他。

「不是，我其實是來看看這新商圈的生意如何。我現在要去各商店統計客戶人數，然後寫信給市政府作建議。」

原來是微服出巡，雖然已經退休多年，老馬克他甚麼都要管。譬如，有一次他們去蘇格蘭度假，行跡來到一處偏遠小村莊。那裡的公廁清掃得格外乾淨，他謹記在心。假期結束，回到家中，他寫張卡片給這位清掃人員表達讚美與道謝。這清潔人員收到卡片，非常喜悅回信央求馬克再寫一次同樣的信內容，但是寄給他的老闆。

馬克彷彿我們社區的保姆，我們喜歡跟他聊天，了解左鄰右舍間的動態。

前陣子看到吉兒時，她說馬克開始學習電腦了。我們一致認為，這是令人驚訝的進展。

因為馬克總是不相信電腦，他說人腦比電腦管用，他還憂心的說：「如今社會，人腦被電腦控管，這是人類的悲劇。」

昨天巧遇馬克與吉兒，我想起馬克正在學習電腦之事，問他：「馬克，請問您電腦學習的如何？」「電腦真是太方便了，我以前居然都不知道。」他很認真的說。這時候吉兒在一旁補充了：「他現在一天到晚霸佔電腦，我難得可以使用呢。」我們全部大笑。

時代的潮流無法逆轉，我們踩著浪花前進，誰也無法回頭。看一向老派作風的馬克竟然也沉迷電腦就知道了。

電子扒手

扒手算不算是一種產業？若是，他們如今也面臨企業轉型的新時代，邁入電子時代。今天收到一封電子郵件，警告大家小心電子扒手。

念書時搭乘的公車是扒手經常出沒的路線。公車行經醫院與大學，車上乘客有攜帶病容的老弱婦孺以及眼神閃爍希望的年輕大學生。這路公車很受歡迎，常常滿載乘客。大家親密緊靠坐下，或擁擠站立，又隨著剎車或啟動而東倒西歪。這樣的盛況，應是扒手的最愛。

身為扒手，公車即工作室，僅付少許租金（車資），日日準時來上班。他們就在這移動的空間裡，開發客戶，完成任務。專業扒手以其敏銳眼光，尋找軟弱無助的客戶下毒手。

如今隨著網路時代的來臨，扒手的工作型態也隨之電子化。各行各業同步進入網路時代，大家都在追求高效率，包含犯罪率也是節節在升高。人類生活速度加快的同時，物質需求好似無底洞，難以滿足。而內在心靈難免隱隱地被物質需求所牽動。

時代進步，如今電子扒手的野心比傳統扒手更為藝高而膽大，於是就有電子警衛出現了。「Your PC is your front door to your life. Secure it with Norton.」這是 Norton 防毒軟體的廣告，看來電子扒手也只能交給電子警衛去制伏了。

電子扒手和傳統扒手的相似之處是，他們都在尋找軟弱又容易得逞的目標。請問各位，你們網路的家是否已經雇用網路的警衛了？高科技讓大家更加忙碌，不僅要顧好真實的住家大門，還要看好自家的網路門窗。於是所有的有形或無形的資產，物品或情誼，都分為兩類：真實的以及虛擬的。有時又難以分清楚，真實的卻比虛擬的還虛幻，虛擬的反而具體的佔有生活。真真假假，虛虛實實。網路時代叫人好迷惘。

東張西望

風景站著等我們，
走吧！
我們起身迎向她們。

攝影：張玉芸

一句話

搭乘火車，我喜歡有桌子可以看書寫字的位置。那是四個人共用的桌面，英國火車的每節車廂裡，有四張像這樣的座位。他們優缺點兼備，你擁有較寬敞的空間，卻也可能失去這樣的優點，因為可能會有其他人過來分享空間，所以旅程中，你將跟陌生人面對面坐著。這也就是為什麼大部分人寧可選擇狹窄，沒有大桌面的座位。位置雖小，卻擁有較多的隱私。權衡輕重，我選擇了大桌面。犧牲部分隱私，換來文字作品，覺得這種犧牲有價值。有時，在這開放的空間裡，遇見形形色色的人，產生一些對話，也頗有趣味。

有次旅程，我找到滿意的靠窗座位，坐下後便是專心寫字。因為綁著的髮髻，頂著椅背讓我感到不舒適，於是將長髮放下。坐在對面的一位英國太太，她必定是專心看著我的舉止，突然跟我說了一句話「這樣子讓你比較輕鬆吧！」我一時不解，請她重複說一次。然後，笑一笑點頭說：「是啊！」她繼續說，她認識一位來自亞洲的朋友，她來倫敦多年演舞台劇「西貢小姐」。但是，這朋友已經回去越南了，看見我讓她想起她。她問我是否也是來自越南？這像不像我們小時候，遇到所有的外國人都說是「美國人」。

另外有一次，那是搭火車去北方的旅途，一位風塵僕僕拿著破舊地圖的旅者坐在我的對面。他說他來自美國，問我將去哪裡？我說：「利物浦」。他問說「利物浦在倫敦嗎？」我十分驚訝於這個問句，就在他的地圖上指出利物浦的位置，他恍然大悟，說他從來沒聽過利物浦這個城市。從前聽人說過，很多美國人的地理觀念很弱，那一天終於見識到了。

一句話，是一個故事的縮影。一句話的力道，甚至比一場演講還深刻。過往的恩怨情仇，也有可能因為一句話全部被憶起。一句話，可能是一道亮光，照亮人心，也可能是一根刺，刺入心臟。一句話，可能影響一個人的一生。

十九世紀著名音樂家李斯特，一八一一年出生於匈牙利。幼年時便嶄露音樂天分，才華洋溢的李斯特，兼具俊美外貌以及鋼琴家的外在條件。他擁有修長手指，中指長度是十二公分。閱讀到這句話時，想必有很多人會去找直尺，量一量自己的中指長度。我也是這樣的人。

一八二三年，十一歲的李斯特，遇見貝多芬。貝多芬聽到這位音樂小神童的鋼琴演奏後，他抱起了這小男孩，在他的額頭親吻一下，說了一句話：「Such a young rascal!」。字面上的意思應該是「這淘氣的小鬼」。

二百年前的一句話，讓我聽見了鋼琴演奏會現場的掌聲雷動；這一句話，讓我感受到一位慈愛的長輩對於晚輩的疼惜與讚賞；這一句話，也讓我看見了年幼的李斯特，當時的自信與笑容。一句話，是一次心靈震顫，二百年前的一句話，如今仍然充滿熱切的語氣。

偶爾的，總有一句話，她沉沉浮浮於時光之河，突然閃爍於我的腦海裡。我想著，在遠方，是否也有某些人，突然憶起我曾經說過的一句話。我多麼希望啊！這一句話是一道溫暖的亮光。

銅鏡

那一年，初抵達英國南岸的海港城市時，恰是滿城蕭颯的時節。經過長途飛行後，我帶著嚴重時差，精神十分不濟。當時海風狂野，我的長髮從來沒有乖巧服貼過，總是隨著風的方向，或向右或向左斜斜狂飄飛舞，有時甚至出現怒髮衝冠的場面。惱人的海風啊！我在心裡嘀咕。

接待我的是一對英國夫婦，他們竭盡熱忱接待我，到處遊逛，一刻也沒停下來。好像就要在這短絀時間內，將此城所有美好的印象，全部映入我的眼底，植入我的心田深處。在戶外如此，在車內亦然。男士開車，女士充當導遊。東指這邊，西指那裡，深怕錯過任何一處景點。而他們也是勤做功課的，總有許多故事侃侃而談。

當然也有一些話語，讓我印象深刻。比如，這位女士提及倫敦時，指著她的丈夫說：「他啊！沒有人比他更熟悉倫敦了。」有一度，我真的相信這句話。直到後來在不同的場合，聽到不同的人說這一模一樣的這句話時，信心才開始動搖。涉世未深的我，居然將玩笑話當真。

雖然感受到他們的善意與熱情，然而因為疲累和時差，坐在車上時，我不小心打了瞌睡。真巧，又讓這位女士瞧見，好尷尬。於是她善解人意的說：「我看，我們這位貴賓，可能太累了。我們帶她到家裡喝杯茶吧！」

走進公寓時，他們告訴我，最近剛搬家，賣掉大房子買這小公寓和一艘船。今後將要過著半年住在水面上，以及半年住在地面上的生活。甚麼！竟然有人真的要過這樣的生活，我一聽顧不得時差，精神突然振作數倍。

我們一踏進客廳時，我的目光，旋即被眼前這佔滿牆面的大幅銅鏡所吸引。那是一面厚實輝煌的古鏡，看得出她承載滿滿的歷史痕跡。然而，銅鏡置身於此，顯得不甚搭調，牆面太小，而鏡面過大；室內簡樸，而銅鏡太豪華。女主人讀出了我的心事，她告訴我，這銅鏡是家族流傳下來的禮物，當初放在舊房子的餐廳裡，倒也很相配。她補充說，那間餐廳的大小，比這公寓的總面積還要大。我環視屋內一圈後，想必那是一間大房子。她說，這面銅鏡是搬家時，少數保存下來具紀念價值之物。

我張望明亮鏡面，想像她曾經映照多少形影，聆聽無數多樣的對話，又觀看世間多少榮辱，不禁陷入深思與感慨。而眼前所見也提醒我，隨著生命的蛻變與演進，我是否也刻意保存自以為重要，卻是格格不入的物品？

多年前的那個下午，秋意正濃的季節，我毫無預警的闖入了一面歷史悠遠的銅鏡裡面。而多年後的今天，一個春寒料峭的午後，內心突然映照這件悠遠的銅鏡往事，以及當時的心靈悸動。

當時海風狂野，我的髮絲飛舞。

聖米歇爾山

聖米歇爾山（Mont Saint-Michel）是法國的旅遊勝地，其雄偉外觀為人所熟悉。那一天，我持相機試以不同角度觀看她，呈現一種大眾不常見的風景。這時候，同樣是這座高聳宏偉的城堡，卻是叫人辨識不得，說不出名稱。

這樣的道理，跟認識一個人是不是很類似？我們多麼容易以一種自己保有的印象來論斷他人，將這個人定格在某一範圍處。所以，當有機會聽到了不同的故事時，才恍然大悟於自己的偏執。我有時候就是這樣的一個人。

約翰和瑪莉是一對從外表看起來與人很有距離的夫婦。約翰是一位退休牧師，瑪莉從前是一位教師。認識多年以來，我直覺認為，這一對夫婦並非屬於溫暖熱誠的人，平日也僅止於點頭或簡短交談，從未想要深入交往。

有一日，得知從前任職於監獄牧師的約翰，退休之後，繼續在監獄擔任義工。他們夫婦開放自己的家庭，接待假釋犯人，提供食物與住宿，供應他們最直接的溫飽需要。這對夫婦有感而發的說，有時候這樣直接的物質供應，遠比聖經的話語更有效果。他們的樂意奉獻與付出，深深獲得假釋者的信任與敬重。

艾美莉喜歡怨天尤人。她想法消極，心思偏向負面。一件溫暖美好的事情，由她口中說出來，不知不覺就變調，原本應是暖色系的故事內容經過她的耳朵竟會變成冷色調的情節。同樣的，彩色動人的畫面，從她眼睛的方向望去，就搖身成為冷酷的意境。關於生命，她習慣塗抹灰色彩，每次見面總是聽她訴說憂愁煩惱與病痛。

這樣一個不快樂的人，我以為她是一個心胸狹窄，只想到自己的人。然而，後來得知艾美莉富有同情心，她的心地柔軟善良，充分發揮人飢己飢的精神，她定期購買食物和飲料，贈予路邊行乞者。而她也頗有智慧，當乞丐懇求她施予金錢替代食物時，她婉拒了。她堅持只給食物而非金錢。

瑪莉與約翰夫婦，外表雖嚴肅，內心卻是火熱。艾美莉看似軟弱，其實擁有堅強溫暖的內在。同樣的人啊！這像不像看聖米歇爾山的角度？

遠山含笑

這是上一個世紀的事情了。這樣說的時候，感到歲月悠遠、不再年輕。初次拜訪瑞士，見識寒帶國家的山巒翠峰，極致清澈的氣質，滲透心扉，久久不散。一向熟悉故鄉台灣的亞熱帶山脈，首次望見歐洲的冰冷山巔，難免產生震撼。「遠山含笑」這句〈黃梅調〉歌詞跑進心裡面。

搭乘的火車，還未抵達目的地時，竟要求全部旅客下車，說終點站到了。我滿心疑惑拖著沉重行李，在車站裡左顧右盼，這裡所有站名以及標示全部是法語。那是瑞士與法國交界處，此地人們說法語。這時剛好有一位看似和善的中年太太走過來，我於是拿著地址詢問她，該如何乘車？她一臉迷惑搖搖頭，意思是「聽不懂」或者是「不知道」。

我走到旁邊的咖啡廳，外面有一桌客人，一共三人，我想，他們會說英文的機會可能比較大。一位男士站起來，看看地址跟我說，這地方要改搭「tram」，然後手朝著隔壁的車站指過去。我說「Train?」他搖搖頭，是「tram」。哦！我恍然大悟。幾點呢？他用法語說了，我聽不懂。他帶我走進去咖啡店，他指著牆壁上的圓時鐘，說了一聲，「咻！」然後停頓在五點三十分的地方，我終於了解了。

折騰半天，抵達下榻旅店時已是晚上八點多。夏季裡，位於高緯度地區的瑞士，天色仍然明亮，但是我身心俱疲勞，又餓又渴又累。

這家旅店的負責人，是位老太太。她見我抵達，熱情歡迎我。堅持幫我提行李，我說我自己提就可以了。她拒絕我的建議，一臉嚴肅告訴我，這是她的工作，她十分堅持。我想莫非是寒帶氣候，養成這般堅毅的民族性格。

她提著重行李，爬上陡陡的樓梯，穿越窄窄的走道，引我走到樓上的房間，是一間空間不大，但是佈置溫馨的房間。我稍作休息，品嚐桌上一盤甜美的紫色小葡萄，她們以精緻盤子盛裝。歷經坎坷的旅途後，這時的我，感到安心與幸福。

走到樓下用餐時，我才有心情四處瀏覽這家可愛的旅店。旅店位於山腰，視野頗佳，從餐廳的大型窗戶望出去，美麗風光令人屏息，好似一幅動人油畫。同時我注意到，在大門入口處，矗立一個透明櫥窗，裡面是一套軍裝。這位太太看出我好奇的表情，介紹說，這是紀念她的丈夫，他死於第二次世界大戰。她堅毅的表情與性情瞬間有了答案，她一定是走過許多苦難，個子嬌小的她，守著小小的旅店，懷著滿滿的思念。

此刻夜色暈開於山谷，高山的另一邊，幾處燈光忽明忽滅，我注視前方山景，期許「遠山永遠含笑」。

城市的地標

一身破舊襤褸，是工作服亦是休閒服，該也是睡衣吧，他帶著睡袋來。他總是在近中午時刻，攜帶身家財產出現，一捆陳舊髒黑的睡袋，加上一只小盤子。他拖著沉重腳步，走在公園大道的精品名店街，在一家女裝店左側廊道停下，然後窩在那裡一整天。直到商店打烊，人煙散去。

他選擇安身的地位適切，於價格驚人的精品店邊緣，美豔如花園的市政府正對面。他的眼前恰巧有座噴水池，水柱努力爬升又急忙墜落，忙上忙下，宛如人生庸碌繁忙，起起落落。而水聲嘩然，又如路人心情之起伏，憂喜參雜。水池旁的端莊花圃，有鮮麗花卉立於其間，大朵小朵隨季節來去。春天是黃白水仙搭配豔紅鬱金香，視野雖迷人，但他的目光鮮少注視這些風景。他總是低頭沉思，或張望來往行人之匆忙神色。

這人最近移換位置，盤坐在距離舊地點約八十公尺處，本鎮最昂貴的百貨公司門口旁。對面是義大利餐廳，香氣四溢，本周特餐招牌豎立於街頭，寫著「母親節全餐，免費贈送甜點」，旁邊附上插圖，有美味熱食以及煙霧裊裊的熱咖啡，刺激行人食慾，吸引顧客上門。

轉眼，十幾年悠然而過，他似乎頗耐得住歲月的磨難與嚴拷，其外觀改變不多。歲月慈悲，未在他的臉頰留下明顯痕跡。而他也還是一身破爛，散發臭騷味，然口裡發出來的聲音，也是同樣的那句話「Small changes please.」（給點零錢吧）。

這人，他以乞討維生，落腳在這座富裕的城鎮，選在最時髦的一條街上，鎮日盤坐於地板，看遍世間冷暖。有人在他的小盤上擲下零錢，也有好心人買咖啡三明治給他果腹，當然也有人惡言罵他教訓他：「你的父母給你好手好腳，你應該去找工作，而不是坐在這裡伸手要錢。」面對外界各樣反應各種眼神，他皆無動於衷，緊緊抓住睡袋一角，安靜坐在那裏，彷彿一尊雕像，偶爾動動眼睛和嘴唇。

初到此鎮時，人人都說 Eagle Star 的 Eagle Tower，是喬汀瀚鎮的地標。你走在市街上不管東南西北，抬起頭便是這扇高聳的建築高樓。但是幾年前這家馳名國際的保險企業經不起金融風暴的襲擊，先是易主經營，後來結束營業。龐大的建築物，淪落到房屋仲介公司的櫥窗展示架上，整棟雄偉的辦公大廈切割成以單位計算的出租廣告單張，四處散發，隨處可見，規格有大有小，任君挑選。世事多變化，然而，這位乞討者依然坐立街頭，仍然低聲說著「給點零錢吧」，儼然就是喬汀瀚的地標。

走在街頭上

繁忙購物中心入口處，一輛快餐車理直氣壯霸佔在那裡。工作人員有時一位有時兩位，他們忙著在熱鍋上煎牛排、羊排或豬排，霸道的連行人的嗅覺也不放過。

每次經過都要暫停呼吸數秒鐘，請別誤會絕非食物不好吃，因為生意極佳；也不是味道不好，因為側耳聽見別人興奮的說：「哇！好香耶。」其實主要是我的問題，因為素食，對於肉味敏感。即使從嗅覺而來的接觸，亦難接納，每次經過這餐車就要趕快憋著氣快速通過。

努力極欲閃躲的味道，卻無法如願。因為那油油膩膩的肉味，總是隨風突然撲鼻而來，躲避不及，幾乎要嘔吐。

終於快速走過快餐車了，繼續向前再右轉就是S眼鏡行，每次經過S眼鏡行，就會想到蓋瑞；我上次在這家眼鏡行內巧遇蓋瑞，那是我最後一次見到他。

我們其實很少進去S眼鏡行，那一天因為女兒在其他眼鏡行，找不到喜歡的眼鏡框，所以繞過去S眼鏡行看一看，結果就在那裡遇見蓋瑞。打聲招呼，蓋瑞很幽默的回應，那一定是很有趣的一句話，因為讓我忍不住大笑出來。女兒還回頭看了我一眼，她的眼神告訴我，請小聲一點。

後來沒多久，就聽到蓋瑞過世的消息，那是我最後一次看到蓋瑞。每次經過S眼鏡行，就想到蓋瑞。然後也想要記起那一句話，是一句好笑的笑話。可是再怎麼努力想，卻也想不起來了。

不想要去記憶的味道，譬如，快餐車傳出來的肉味，卻是清清楚楚地飄現鼻息裡。想要記住的一句話，努力去想卻也想不起來了。

走在街頭上，我看著來來往往的行人，揣測著不知道每一個人想要記住的是甚麼？希望遺忘的又是甚麼？

德國太太說中文

現代人果然已經被網路所控制，在德國海德堡發生的這個事件可以佐證。旅行到巴黎時，度假公寓的網路不盡暢通，又因旅遊在外，早出晚歸，窗外的視野遠比電腦螢光幕還要可貴，所以也就沒有積極想要解決網路連線的問題。

結束巴黎行程，一路舟車勞頓抵達海德堡，發現這度假屋內空無一人，門鈴按到指頭紅腫，心裡焦急吶喊，始終不見有人出來開門。這時天色漸暗，原本纖細而下的雨絲，越下越大變成如豆一般打在人身上，我們的心也越來越急，拼命按門鈴之後，隨即想到找左鄰右舍求救去。

來到左鄰，看到紅色的大門上方寫著「Dr. F. Hegel」。原來是診所，今天是周六，應該沒有營業，難怪按門鈴也無人應答。後來才知道，德國人注重高學歷，以拿到博士學位為榮譽，因此在門口上寫著這樣的博士頭銜，並非診所。這真是名符其實的光耀門楣，一點也不誇張。

左鄰既然求助無門只好轉到右舍，這時天色的黑暗濃度似乎又加深了好幾筆，雨滴也更大點，劈劈啪啪讓人好心慌，這時候我們不得不撐起雨傘。敲門時，終於有人來開門，這戶人家很熱鬧，彷彿家庭聚會。一聽到我們說英文，立刻推派他們的家族代表，一位大學女生出來溝通。她說她在外地念大學，剛好回來度周末，全家就只有她會說英文。我們初到貴寶地，終於遇到有人可以溝通，感動到想哭。我們首先借用洗手間，真是不好意思，折騰半天，全家此刻皆內急。然而他們也不知鄰居去向，手機又打不通，無法真正幫上忙。

我們冒著大雨，回到原點。終於看到屋內有一位老人家，她似乎重聽，所以無視於我們按個不停的門鈴聲，而這一次我們用力敲擊玻璃窗，引她注意。好危險的舉動，這在美國有可能引來殺身之禍。但是，我們看著天色幾乎全黑，後續大雨好像就要趕到，在這樣危機四伏的狀況下，我們好像一切豁出去了。

這位德國老太太聽不懂英文，跟我們雞同鴨講一番時，我彷彿聽到了一句中文。她指著樓上的房間以濃濃的德國腔調說出的一句話，「這是你們的？」我多高興啊！我以為她會說中文，便開始與她對話，我說：「是的，這是我們的。」我的回答竟然也是帶著德語腔調。全家人都覺得很奇怪，我怎麼無緣無故的開始講起中文。從此以後，這二個帶著德語腔調的句子「這是你們的？」「對，這是我們的。」便成為我們家庭中的笑話，每一次講起來，大家都大笑不停，笑到肚子疼。

後來度假屋主人回來，他們說之前已經寄電子郵件告知我們，他們全家將出去慶生晚點回來，但是會把鑰匙放在信箱裡面。這是因為網路不通而引來的虛驚一場。

我們是不是已經讓網路控制生活步調了？幾天沒上網路，路竟然如此崎嶇。

我在羅亞爾河谷

法國中部的羅亞爾河流域，從來只是教科書上的一個地理名詞。

去年夏天，我們從英格蘭中部開車來到南部海岸的樸茨茅斯港，車緩緩進入渡輪，諾大船隻慢慢離開英國領土，經過大部分時候風平浪靜偶爾波濤洶湧的英吉利海峽後，我們進入法國領域。當車子駛出了渡輪嘎嘎作響的停車地板時，終於再度踩在平穩的大地之上了。將目的地輸入導航系統，就往法國中部方向一路行駛過去。

我們快意遨遊在筆直寧靜的道路上，沿途經過無數向日葵盛開的田園，有些花朵面貌滄桑如老人，花面大朵豐厚逐見殘敗之花絮，卻也感受其中蘊藏飽滿之油分悄然透露收成季節已將來到。有些花朵正值青壯時期，鮮豔結實的黃色花朵神采奕奕依隨陽光方向打轉，笑顏可掬。有時也會經過一畝一畝的葡萄園地，看著一株株蒼勁的葡萄枝桿，積極醞釀豐收成果，此刻紅酒白酒的芳香醉人氣息，彷彿飄然而至。

當車內導航系統的地圖線條一一被蠶食之後，地理課本上的羅亞爾河谷就躍然於眼前了。度假屋主人安迪是一位英國人，未曾謀面。有一日，來電問候，聊及我們全家當天騎著單車前往C鎮觀光旅遊一整天，他在電話那一端驚呼：「哇！這樣的距離來回要三十英哩，相當五十公里的行程，你們真是了不起。我呢，我是做不到的。」

當下，我的內心升起一股飄飄然之愉悅。雖然一整天下來十分疲累，特別是行程結束回到度假屋的那一刻，簡直可以「虛脫」二字來形容。當我累倒在沙發上時，女兒還以手機立刻拍下一張，我一定不會在臉書上貼出來的照片，因為累到極點的表情，毫無形象可言。安迪的誇獎，多少也撫平了沿路不斷累積的挫折感，也就是當我萬分疲勞的踩著腳踏車踏板時，身旁經常有一些法國婦女，她們一身家常穿著（譬如穿長裙），有些還是上了年紀的祖母級老太太，而她們總是輕輕鬆鬆呼嘯而過，留下氣餒的我在後緊追，但也總是跟不上。

有一天早上，房東安迪來整理花園。長相微胖的安迪推著除草機，沒多久之後就滿臉通紅，氣喘吁吁還滿身大汗。我這才恍然大悟，那一天他為何讚嘆我們騎單車之壯舉了。想必他從英國來到法國羅亞爾河谷定居十年期間，尚未學會入境隨俗。所以，也就沒有像大多數的當地居民那樣騎著腳踏車到處「趴趴走」。但是說起距離此地二個小時之遠的某觀光重鎮，其市中心有一座美麗古樸的廣場，而轉角處那家餐廳裡，有我吃過最柔軟美味的雞蛋煎餅時，他立即道出餐廳的名稱。這也確認了一件事情，安迪必定是一位美食主義者。

聖經上說，你的財富在哪裡，你的心也在那裡。安迪以其經驗與時間所累積的財富，清楚的表達在他的身材以及一段簡短的對話裡。而我呢？我以時間與經驗又架構了甚麼？我問著自己。

雞同鴨講——加油站篇

語言不通之際，多麼渴望人類之間只存著一種語言，大家暢談無礙。或期待一種新發明，語言藥錠。視前往國度而服用，吞服後立即見效，快速解決語言隔閡之窘境。提醒，服用前請詳閱說明書，否則吃錯藥語焉不詳就慘了。

「語言藥錠，一天一粒，語言流利，立即見效。」我連廣告台詞都想好了。這純粹是我的異想天開，但在講究效率的高科技社會，這想像或許真會實現。

語言真奇妙，置身陌生國度裡，看著對方口裡宣洩一連串他們之間才懂的聲音，然後他們大聲笑開來，我站在一旁尷尬的聽著。這時候，無影無蹤的聲音，變成了一道堅固圍牆，阻隔彼此，內心深感無奈，分明接受到善意，卻遙不可及，明明觸摸對方的熱切溫度，卻也無濟於事。特別是當你急需正確訊息，而對方也一心想協助你時，面對面的二個人，因為找不到交集，只好任憑挫折與無奈四處猖狂。

有一天，旅遊來到法國中部的一個小村莊，車子需要加油。法國的加油站裡，沒有人員協助，完全自助式，靠著機器處理加油過程。這機器發出的聲音好宏亮，說出來的指令清晰，而且有禮貌，因為她說了好幾次「Merci」（謝謝），而這也是我們唯一聽得懂的一個字。雖然機器發音正確，但對於不懂法語的我們卻是屬於無用的訊息。只好求助他人。

那是一個星期日早晨，加油站內冷冷清清。其實不僅加油站，在法國鄉鎮，星期天幾乎所有商店皆不營業，十分安靜。這時候，來了一位老太太。一問之下，這位女士並不會說英文，其實我早就料想到了，而我又不會說法文，二人只好雞同鴨講。

溝通當中，我一時心急，原本說著英文，後來卻開始說中文。當然，對於這些脫口而出的中文，這位老婦人並未察覺。因為對她而言，英文和中文都是陌生的。

我想，如果她有吞服語言藥錠，或許就會發現了。

雞同鴨講——在家樂福

家樂福（Carrefour）大概可以算是法國的國寶之一了，在法國到處都有。全家在法國旅行時免不了要張羅柴米油鹽醬醋茶，兩三天就要造訪家樂福一趟，繁瑣但也是認識在地文化的一種方式。雖然不懂法語，平日進進出出超市時，只要挑選蔬果以及日常用品，於結帳時說聲「Merci」（謝謝），面帶微笑，任務就算圓滿完成。直到有一天，在家樂福繞了一圈還是找不到指甲剪的時候，就發生了這一個雞同鴨講的插曲了。

我找到一位工作人員詢問，是一位年輕的法國小姐，她有一對明亮的大眼睛，看起來聰明伶俐的樣子。我請問她指甲剪（nail clipper）放在那裡？她張著美麗的大眼睛，茫然的樣子。我只好使用肢體語言跟她比手劃腳，首先舉起左手比著指甲，右手做著要剪下指甲的樣子，聰明如她，立即說了一聲，「啊！」一副了然於胸的樣子。她快步走到大賣場的另一端，而我緊緊的跟隨她，她走到放ＯＫ繃帶（plaster）的架子，拿了一包ＯＫ繃帶給我。我趕緊說不是不是，我再舉起左手亮出指甲，小心翼翼再比一次剪指甲的樣子。她有所頓悟似的，連續說了二次，「啊！啊！」然後信心滿滿的小跑步地跑到賣場的另一邊，我又再度緊緊跟隨她，她這一次拿了一瓶指甲油給我。我搖搖頭說不是，又再比一次剪指甲的「慢」動作，這次她笑著說，「啊！」然後跑去放指甲剪的地方。這個時候，我們一起開懷大笑起來。

說起比手劃腳，一位年長親戚出國時，傳出來的經驗最為經典。旅途中，十萬火急的老人家要找廁所，她語言不通心裡身體都著急，只好假裝要脫下褲子又要蹲下的姿勢，被問路的人，一看這樣直接了當的肢體語言，立刻清楚明白，兩人都大笑，旁邊的人看了也都笑開了。

而這笑聲多年之後仍然延續著，因為家人之間每傳講一次時，每一次也都免不了的又要大笑不止。

問路達人

方向感不好，不知道這是屬於大腦遲鈍還是心靈軟弱？我方向感不好，但經常旅行，自然而然累積許多問路經驗。又因自信心嚴重欠缺，即使再三確認後，坐上了旅途的班車，還是免不了跟鄰座的人再次確認。「問路達人」，我，當之無愧。

冷漠的倫敦

初到倫敦之際，感到問路的難度頗高。熱鬧的街頭，行人穿梭來往，快步走路或跑步，好像流水沖沖。每個人看起來緊張匆忙，問路時感到打擾到他人。

「真抱歉，請問您是否知道這裡要怎麼走呢？」我將握在手中的地圖攤開。

「我不知道。」那人很沒耐心的瞄了一眼我的地圖，簡單回答，快步走開。

「我不知道。」這是在倫敦街頭問路時，經常得到的答案。「冷漠的倫敦啊！」我在心裡感嘆。直到後來，我在倫敦街頭走著，也會有人拿著地圖過來問路，而我的回答也是「我不知道。」時，我才恍然大悟，倫敦是觀光客聚集之處，大家都是初到貴寶地，真的是「我不知道。」啊！

大都會的冷漠，眾所皆知，但是憑藉問路下結論，就是不智之舉了。這是問路的第一課：找對人。

溫暖小鎮

如果大都會是冷漠的象徵，小村小鎮就是溫暖的指標了。走在寧靜的英國小村莊裡，處處都是純樸村民。常常，有人只是看到你手中拿著地圖，以及你的眼睛裡透露的些許茫然，就會主動走過來詢問：「你需要協助嗎？」讓人倍感溫馨。這時候你會發覺，人生是彩色的，社會是溫暖的。

有一次，我在一個英國小鎮問路時，路人甲看看地址然後說她不確定，就幫我攔住另一對路人乙詢問。這二人也說不知道，又幫我攔下一對路人丙，後來又加入一個路人丁，於是七八個人聚集街頭，針對我提供的地址，七嘴八舌討論。

而我，也因此愛上英國小鎮的純樸與人情味。

他沒有騙人

在德國的旅程中，雖然已經坐上往目的地的火車，我的本性仍然不改，自信心不足的老毛病還是作祟。我跟鄰座的乘客再次確認，確定目的地無誤之後，開始閒聊。他說，他在德國的一家汽車公司上班，是德國最好的汽車公司叫做 Audi。當年的我，年紀輕輕不諳車廠牌。我問他：「德國最好的車子不就是 Mercedes-Benz 和 BMW 嗎？」他說：「他們都很不錯。但是，Audi 是最好的一家」。我在心裡想，他可能在騙人。但是他看起來，卻一點也不像騙人的樣子。

多年以後，我開始認識 Audi，也見識了他的好品質。原來啊！他真的沒有騙人，只是我被台灣廣告媒體洗腦成功罷了。

歲月，增加我的見識，時間，證明了他的言論。

交換行李

一天早晨，我正要搭車趕赴從倫敦出發開往巴黎的長途巴士。我搭乘的地鐵臨時發生狀況，所有乘客需要提早下車，我再度問及鄰座的男士，確認狀況。他非常熱心解說，又告訴我，他正要去上班的途中，而他的方向跟我同路。我問起他的工作，他說他是一位採購，我看他的樣子，確實是上班族的模樣。他提著一個公事包，只是手臂上刺青，是一艘船，看起來江湖味十足。

到了車站我們一起下車，他看著我的大行李箱說：「我幫你拖行李。」然後將他的公事包交給我說：「你幫我拿。」我們就這樣交換行李，快步趕路的當下，我有一念頭閃過，如果眼前這個人是壞人，不知道誰手上的東西比較值錢。

後來，我終於順利搭上前往巴黎的巴士。臨走前，這位先生塞給我一張紙條說「你到巴黎時，打個電話給我報平安；巴黎和倫敦時差一小時。」

我在旅行中遺失了字條。只是偶爾的還是會想起這「交換行李」的小插曲。

逛畫廊

那一天，天氣晴朗，湛藍的天空有如一面明鏡，映照著英格蘭初夏的舒適氣質。走進這個古樸小鎮時，已經接近中午時刻。

此地以畫廊著名，整條大街好像畫家們的展示牆面，窗戶柱子門樑似畫框，鑲以風格迴異的櫥窗畫作。她們同時兼備藝術家各有不同的古怪脾氣，有的畫廊大方歡迎所有遊客入內欣賞，但是對於顧客的態度則不一，有些友善寒暄，熱心的將畫家背景性格仔細介紹，甚至對於我們來訪者的職業嗜好也是好奇的盤問一番。有些畫廊人員僅對客人輕輕點頭聊表心意，然後把所有的空間與時間全部丟給你自己去瀏覽。也有一種視你為空氣，只顧自己低頭忙碌，全然無視於客戶存在的工作人員。

另外有些畫廊特別嚴謹，她們只歡迎真正有興趣的訪客進入參觀。她們的大門深鎖，僅留一枚電鈴像眼球一樣盯住你，檢驗你的誠意，衡量你的熱情溫度，倘若溫度夠，你自然而然的就會按住她。這道大門是障礙，擋住閒雜人等，也排除了一些雜沓腳步。而門鈴也像網篩，幫忙篩選潛在客戶，過濾掉不必要的口舌虛應與閒聊。當然這樣的畫廊所珍藏的畫作，大多屬於昂貴之名畫。

我沉迷於這小鎮的古樸之美，也喜歡欣賞眾家畫廊的多樣面貌。當賞畫完畢，踏出畫廊門口之前，我總會跟這些工作人員說聲謝謝，並且給予讚美。我告訴他們說，他們的收藏真是美好，讓我們度過了愉悅的時光。說也奇怪，這句話不管是說給那一種類型的工作人員，他們聽了之後，臉上所綻放出來的笑容竟然都是那麼的燦爛。

單車日記

如果再度拜訪德國南部的巴伐利亞，我想再去拜訪那間度假農莊。我們抵達當日，閱讀賓客留言時，發現很多住過的旅客再度回來居住。字句中感受到住客與農莊主人之間的熟悉程度，竟像老友一般。留言簿裡，雖然筆跡不相同，語言也不一樣，有人用英語，有人寫德文，但是讀到的盡是滿滿的感激情意。這家農莊主人的熱情接待，令人難忘。我們在離開當天，也是在這本厚厚的留言簿上，寫下滿滿一頁真摯感謝。

巴伐利亞的首府是慕尼黑，此地為德國最富庶的區域。當地建築物特色是在房屋外牆塗繪彩色壁畫，展現一種大方分享的人文情懷。當地人民工作勤奮嚴謹，這應該就是造就該區富裕的主要原因。我們在此度過一週心靈富庶的快樂時光，閱歷當地的風光名勝，並且騎單車環繞於一望無邊的田野之間。當時正值玉米成熟的季節，在一束束飽滿淺綠的玉米穗中，風兒迎面吹來，遂感染到豐收之喜悅。

隨地形起起伏伏，在腳踏車輪旋轉當中，有一個關於騎單車的故事盤旋於腦海裡。當時，我正處於一段艱辛的爬坡路段，隨著汗珠滴落，兩腳發酸，氣喘吁吁挑戰意志力極限時，浮現一個日本大海嘯發生時所看見的電視新聞畫面。一位八十一歲的瘦小老太太，當時聽聞海嘯即將來襲的廣播，就在千鈞一髮之際，趕緊騎上腳踏車，一路拼命踩踏往大海的相反方向騎去。她拼盡全身氣力踩著腳踏車踏板，她毫無退路，因為那是一趟生與死競賽的旅程。老人家渾然忘我，只是拼著老命向前騎去。終於，她成功的逃開海嘯的吞噬。一位瘦骨嶙峋的老婦，憑著堅強的意志力，與死神擦身而過。

彼時上坡艱難本想放棄的我，終於使盡全身力氣騎過了這個辛苦路況，因為我想像我是那位老婦人，而後面的凶猛海浪將要襲捲而來。

常常想著，下一次還要再去拜訪德國南部的巴伐利亞，再去看一看那片玉米田，看她們隨風起舞時嫵媚的樣子，好像層層波濤蕩漾。她們嬉笑細語，傳遞暗語。

階梯

每當旅行至某處寧靜的鄉村小鎮，不免會猜測，此地的居民究竟以何為生？比如有些人家，他們的前院盤踞一座精緻的花園，春夏天經過，只見花卉恣意開落。有黃水仙、紫丁香、玉蘭花、也有玫瑰花以及牡丹花等等。有的花朵在傍晚散發香氣，有的雖無香味僅以豔麗花姿吸引路人眼光。而草地則是安靜的接納每一片花瓣的凋零散落，草兒青綠，他們簡短齊整而且從不越界，頗有安分守己的正人君子風範。

白天住家大門深鎖，雖然無人在家，但是主人們卻也習慣在出門前把典雅的窗簾拉開，歡迎日光大駕光臨，這樣的舉止也讓遊客們體會到屋主的一份大方心意。當你不由自主的把好奇視線挪至裡面時，看到了他們的客廳有幾張舒適的沙發椅，他們的貓兒靜立於窗前，動也不動好像瓷器裝飾品，那一面帶有濃厚鄉村味道的原木餐桌上，寬口花瓶內插著新鮮的白色百合花。

大白天裡，他們的屋子空在那兒守候主人的歸回，當夜晚的昏暗來臨，室內燈火通明，是主人拖著疲憊的身子穿著工作服回來了。當他們進入屋內更換衣物時，也一併將今日的身心疲勞迅速卸除，換上另外一款屬於居家的鬆懶心情。

這些可愛屋子的主人從事甚麼工作呢？是修理車庫自動門的技工？還是一位揹著工具箱四處走動的鋼琴調音師？是當地小學教師？還是市場的肉販或魚販？是經營有機農場的菜農？或者是大學教授？還是醫院急診室裡的排班醫生？也有可能是一位釘馬蹄鐵的技師，我認識的一位朋友，他的哥哥是英格蘭中部唯一從事此行業的馬蹄鐵專家，他或許就住在這樣的房子吧。還是砌石牆的工人？有一次在一家鄉村酒館用餐之際，一位英國男子宣稱他是本地唯一懂得傳統砌牆的人，那是一種全然不用泥漿或黏著劑輔助的砌法，純粹以原始的天然石塊，一塊接著一塊尋找互相契合之角度，作最緊密堅實的結盟，就這樣築成一座堅固的圍牆。或者，這房子主人是一位以蠻力加上智力討生活的鋼琴搬運工人。

從前，每次在音樂演奏會的現場，對於矗立於眼前的大鋼琴，總以為她理所當然的就應該立在那裡。直到認識這些鋼琴搬運工人後，看到鋼琴總會聯想當初她是如何的進來以及未來又要如何出去，並且暗暗的思量這搬運過程的艱辛難度。

那年的春天，我們買了一台新鋼琴，與鋼琴搬運公司在電話中討論搬運細節時，他們除了詢問地址之外，還細問許多問題如周圍環境、停車問題、在幾樓、有無電梯、幾扇門、每一扇門的寬度，還有最重要的是有幾個階梯？透過他們的問題，同時也對自己的房子有更多的了解，比如階梯數目，對於每天進進出出的階梯，我從來沒有仔細數過階梯數目。

那一天，一共來了四位搬運工人，我親眼觀察整個搬運過程，對於他們的工作由衷佩服，那是結合勞力與智力的演出。他們粗壯的臂膀，豆大的汗珠，大聲如雷的指令，多年之後還是清清楚楚的停留在記憶裡。他們個個像牛一般的低頭使暗力，踏出去的每一個步伐又像大象一般的沉重。在平地上搬運鋼琴已屬艱難任務，踏上階梯時艱難度以倍數加增，莫怪他們需要精算每一個階梯。

搬運過程中，一個階就是一個難關，一個梯就是一處險境。等到鋼琴搬到定位時，我不得不在內心為他們喝采鼓掌。他們不僅使用力氣也應用物理學的槓桿原理完成艱鉅任務，他們的工作不愧是智慧與蠻力的結合。

自此以後，每當耳邊傳來美麗的琴音時，我總會想到這一些流汗如雨的鋼琴搬運者，他們功不可沒。

塑膠貨幣

塑膠貨幣，不知道是誰提出來的想法。我們浮沉於時代的浪濤裡，竟然不知不覺地漂流湧進這個塑膠貨幣的新潮流。於是，每一趟的消費行程，皆自動鋪上一個接續一個的腳印，取代現金來往時偶會出現的混沌時刻。關於現金交易銀貨兩訖，事過境遷船過無痕的煩惱已經自動免除。因為塑膠貨幣裡，電腦交易詳細紀錄，暗中補強記憶力偶爾衰退的弱點，每一筆交易都像緊緊拉住的風箏，而不是彈珠。

現金交易有其不便之處，疏忽一過忘記也就罷了，若是察覺卻又毫無挽回餘地時，就只剩下滿腔氣餒。

多年以前在吉隆坡機場附近的一個飯店裡，上演了一場關於現金交易的短劇。五星級飯店裡有讓人卸除疲勞的SPA，而裡面的小姐們個個和藹可親，笑容甜美，當結束一整天繁忙會議之後，我遁隱其間算是犒賞自己的方式。選定的按摩套裝結束時，我以馬幣現金付費，然後帶著輕鬆愉快的心情，踏出了這個芳香四溢音樂悠揚的空間，彷彿又有百倍精神面對外界現實嚴苛的挑戰。

走回飯店房間途中，我在飯店大廳的商店停留購買一份小禮品，並從皮夾中取出剛才SPA小姐找給我的馬幣現金付費。但是商店小姐看著紙鈔說，很抱歉，這是泰銖，不是馬幣。我這才赫然發現剛才SPA小姐找給我的鈔票全部都是泰銖。在我收下紙鈔的當下，我僅核對金額數字，並未看清楚幣別，當時泰銖對馬幣的比值，相對於新台幣兌換美金的比值。

不知道是那位小姐刻意欺瞞還是一時疏忽，我無從得知。我拿著這些鈔票，趕緊回到了這個空氣仍然芬芳，音樂仍然悠揚的場所，這時她們原來和藹可親的面孔，個個拼命搖頭矢口否認，而我是一個空口無憑的受害者，只能作罷。自從那一次教訓之後，我盡量避免現金交易。我喜歡塑膠貨幣這種有足跡可尋的安全感覺。

塑膠貨幣，清楚呈現現代人的消費地圖，不怕迷路。

昂貴的代價

最近一則英國新聞報導說，二年前因為緝拿連續殺人要犯莫特而受傷失明的警員於昨日自殺身亡。二年前的莫特先生，是英國報紙連續刊登數日的頭條新聞人物；這名警員與莫特對峙當中，被莫特的子彈擊中腦部，雖然挽回生命卻因此失明。

從那一刻起，這位原本天性開朗樂觀的警員，他的人生急轉直下。他處於永無止盡的漆黑世界裡，那一聲槍鳴巨響，始終如雷貫耳充塞耳際。每一個夜晚他在砰然巨響中驚醒，尖叫不止。結婚多年的妻子不久也離他而去，前妻說他完全變成一個陌生人，根本無法一起繼續生活，日子於他們是一潭烏黑痛苦的深淵。終於，這位警員不堪精神與肉體的折磨，他選擇一死。

關於莫特的新聞，因著這名警員之死再度回到我的記憶裡。二年前的一則報紙新聞令我印象深刻，內容介紹莫特的成長過程，並附上莫特從嬰孩時期到現今的照片，以順時針方向排列。第一張照片是嬰兒時期的莫特，他好可愛有著天使般圓嘟嘟的臉頰，他的出生，一定帶給他的家人無限的歡樂與笑聲。接著是學走路的小莫特，他帶著頑皮的笑容，緊緊牽著媽媽的手，正要踏出小小的一個步伐，多惹人愛憐啊。接著是一張又一張莫特從小到大的照片，我驚訝於每一張照片以順時針方向行走過去，莫特的笑容也以同樣方向遞減，同時又有一股暴戾之氣息與日增加。

這個發生於北英格蘭的槍擊案件，耗費大批警力物力與時間，後來在莫特舉槍自盡中閉幕。然而新聞雖然平息，尚有許多旁枝故事後續發展中。這些付出去的社會成本難以估算，就如這名警員的家庭幸福與寶貴生命。

二年前當莫特的新聞如火如荼的被報導之際，另外有一則新聞也在不同的版面中被討論。這是關於英國教師公會出面抗議英國學校校長以及老師薪資的評量與計算方式不公平的新聞。導火線是在倫敦附近一個校風不佳的學區，有一所學校的新校長他治校有方，自從聘用這名新校長之後，該校風氣大為改善，各種評鑑明顯進步竄升。而他的年薪高達二十幾萬英鎊，相當新台幣一千萬元左右，比英國首相的薪資還要高。教師公會出面抗議校長的高薪，而家長們卻出面聲援校長。家長們一致認為，在這位校長的帶領之下，全校學生的明顯轉變令人滿意，值得支付如此高薪。

這兩篇出現於不同版面的新聞，讓我想到的卻是同一件事情，是關於付出代價的事情。健康快樂的幼苗養成需要付出代價，就像這位能力極佳的校長及時糾正可能誤入歧途的學生，但是國家同時也付出昂貴的薪資。如果欠缺教育園丁的照顧教養而讓樹木長成歪斜形狀，以致於未來造成接踵傷害時，需要付出的代價勢必更昂貴，就如莫特事件。這彷彿說明了付出代價的必然性。

然而，是否可以免付昂貴代價？又可以建立美好和諧的安全社會呢？或許真的很難，不然大家怎麼都在說，天下沒有白吃的午餐呢？

湖邊光影

拜訪春天的湖邊，最令人喜悅的莫過於看見新生鴨寶寶，他們緊緊跟隨母鴨，一會兒搖搖擺擺遊走於湖邊，一會兒又在水裡移動嬉游。這些毛茸茸的小可愛，讓人忍不住要目不轉睛的盯著他們看，嘴角也泛起了笑容，因為他們實在是太可愛，太惹人愛憐了。

最近來到這湖邊，卻不見小鴨寶寶，或許是來晚了。但是朋友說，或許來早了也不一定，可能鴨寶寶尚未出生。這也是有可能，如今氣候異常多變，植物或花朵開放的時候都失序了，鴨寶寶出生的時節，有所延誤也有可能。下個星期再去看看了。

湖邊的水色迷人，引人遐思。真實物景映照湖面，成為倒影時，風景加倍夢幻與精彩。藉微風與日光，水光浮影撲朔蕩漾，迷離閃爍，一種難以言喻的幻覺美感於是形成。

站在湖邊，放眼望去，全是美景。詩意之外，也看見哲理。那是位在湖面之東邊的大樹，樹根盤結部分露出於湖岸邊，其樹幹底部粗獷複雜，由數棵樹木擁抱共生。枝幹延伸於湖面之上，其身影清晰呈現於水面。然而水面波光粼粼，再次折射到樹幹表面。這時候，真實樹幹表面的優美樹影，藉水面折射上來的波光，竟也隨之閃爍游移，晃蕩不停。眼前的一切，讓人著迷，陷入深思。

虛幻的倒影不僅停留於湖面，竟然也可以折射回到地面上的真實景物上。明知是虛幻之影，卻又真實的存在於眼前。光和影的遊戲，到處都是。

今天的湖邊，不僅充滿詩意，也頗具哲理。

徽章

這是一輛雙層巴士，具有冒險本性者，自然會沿著狹窄樓梯走上去，享受登高遼闊的視野。老弱的、懼高的、匆忙趕時間的，也就安份留在第一層車廂等待目的地。想要認識自己的本性嗎？搭一趟雙層巴士吧！

有一次，走進巴士時就直接走到第二層，一看上面空曠無人，原來我是樓上僅有的一名乘客。下車時，走到第一層時又發現，樓下也是空蕩無人。我，竟然是這整台巴士裡唯一的乘客。又有一次，坐上巴士，我直接留在第一層車廂坐下來，舉目望去，車內只有我和司機以及另一名乘客共三人。當終點站到的時候，大批人潮魚貫從第二層走下來。原來，所有的人都在樓上，雙層巴士，雙重驚喜！

不趕時間的時候，我喜歡搭公車。公車總是以恰適速度，足以讓人警覺卻不驚險的方式，搖搖晃晃行駛於社區各角落，如同觀光巴士，讓人看盡車裡車外的人生風光。今天在公車上，我看到坐在前面左側第一排靠窗戶的一位老人家，他頭戴一頂鴨舌帽，深褐色格子圖形的舊帽子。這帽佈滿大小徽章，各式各樣，有英格蘭國旗、有動物圖案、如駱駝、兔子、松鼠、小鳥、老鷹、還有猴子招手的可愛表情。有幾枚英格蘭橄欖球隊的徽章，也有可愛的卡通男孩圖樣，另外有六朵黃水仙，那是商店裡，處處可以見到的慈善機構義賣徽章，其餘還有一些林林總總代表某種機構的徽章。

這些徽章對於老人，有何意義呢？也許具有紀念價值，是家人親友的餽贈，或者代表某次的榮耀與掌聲，也有可能隸屬某個團體的歸屬感與向心力，甚至透露他慈愛慷慨的愛心，這六朵義賣的黃水仙足以證明，或者只是娛樂性質，看那可愛的卡通男孩徽章，讓人微笑。

國中一年級的時候，有一天住在城市裡的三叔來訪。三叔在廟裡擔任油漆彩繪的工作，那天，他從箱子裡拿出長長捲曲的圖紙，小心翼翼的在地上緩緩展開他的繪畫作品，此情此景令我印象深刻，那是色彩鮮豔生動的龍飛鳳舞圖案。當時的我，未曾參觀過博物館或美術館，三叔一吋一吋逐漸攤開圖紙的那一刻，似乎也開啟我內心裡的某種想望，說不上來是甚麼，也許是關於藝術之美的追尋吧。

當時三叔帶回來的還有幾枚徽章，是廟裡的徽章。我拿起一枚別在制服胸前，每天上學都戴在身上，不明就裡的一份堅持。直到有一日，一位同學問我：「為什麼你要戴這徽章呢？」我沒有答案，但是感受到這問句裡面，含有一絲絲負面味道，我於是將這枚徽章摘下。這位同學的簡單問句裡，也許並無任何負面意思，然而青少年的孩子，懵懵懂懂，全靠猜測。

龐大公車繼續行駛，繼續搖晃，我的思緒也晃盪於久遠的記憶裡。有人下車，有人上車。我專心觀看老人的帽子，每一枚徽章都緊緊旋住，實實在在感受到帽子承載的重量，沉甸甸。他的帽子邊緣處斯磨得油亮平滑，是汗漬與歲月合力打造的成果。我看著看著，直到老人下車。他，居然回過頭來跟我微笑打招呼。

老人戴著帽子，彷彿將過往時光一併穿戴似的。他抬頭挺胸漸漸走遠，榮耀無比的光芒，盤旋於頭頂之上。

我觀望良久，才發現到，我居然錯過了該下車的站牌了。

Daddy

英國公共交通設施頗為人性化，譬如，車門之設計也細心的顧及老弱婦孺的進出方便，車門寬度刻意加寬，地面角度有些傾斜。因此常見坐輪椅者或推著嬰兒推車的媽媽進出公車，弱勢族群仍然可以享受出遊機會。

今天的公車上，有一位年輕媽媽，她推著嬰兒車，車上小孩約二歲左右。當這媽媽買完車票跟司機說「Thank you」時，小男孩也大聲跟著說「Thank you, Daddy!」引來車上乘客大笑，媽媽露出不好意思的笑容，輕聲制止小男孩。

是甚麼原因，讓這小男孩看到陌生男人會叫他 Daddy 呢？頗耐人尋味。表面看來好像是一個笑話，其實說明了英國社會面臨的轉變。在英國，很多家庭沒有 Daddy。因為年輕女孩未婚生子的情況嚴重，這些孩子很多是在沒有父親的家庭中長大。孩子由母親照顧，享受母愛，卻也學習母親的價值觀，所以未來成為未婚媽媽的可能性也很高。

我住過的一個小社區裡，認識一個雜貨店老闆，有一天她高興地說：「我要當祖母了，女兒生寶寶了。」我很難相信，因為她才三十六歲，是我見過最年輕的祖母。她十八歲時未婚生下女兒，現在她的女兒也是十八歲當媽媽。

又有一次在美容院，洗頭髮之際，年輕的小姐說起她的小孩七歲了。我半開玩笑的說「不可能吧！除非你青少年時就生小孩了。」沒想到她的回答居然是：「對啊！我十三歲當媽媽。」

我也想到克羅伊，一個經常在市區閒晃，喜歡通竊的小學生。克羅伊有三個姊姊，由單親媽媽撫養長大，她們分別來自不同的父親，但是都沒見過她們的父親。最近克羅伊十六歲的大姊也當媽媽了，我常想如果克羅伊沒有機會受到不同人事物的啟發，她將來應該也會以媽媽姊姊為榜樣，小小年紀就當媽媽。

當然，這也代表著女性主義意識高漲，女人我行我素，不再沿襲男性掌權的舊傳統。是與非，好與壞，不易界定。而且時代潮流急奔過來時，誰又擋得住呢？這是很多老派作風者的感嘆。

總之，在英國很多家庭裡都缺少爸爸，但是不缺男人。可以想見，在未來英國社會裡，「Daddy」將有新定義。公車上的這個小男孩為何稱呼陌生男人 Daddy 呢？莫非這位年輕媽媽，帶回男友時，都以 Daddy 為代名詞，以至於這孩子的印象中，以為所有與媽媽談話的男人都是 Daddy？

街頭藝人

今天看見一位街頭藝人。他將全身塗滿金漆，安靜坐在熱鬧的街頭。這位藝人打扮成街頭流浪漢佯裝側身坐著，表面看起來無任何支撐物的懸空坐姿，是高難度的姿勢。而他右手持的啤酒正往左手中的杯子倒進去，啤酒的嘩啦聲，持續，重複，從未倒盡。這位街頭藝人，在這場表演中結合物理學的原理，精彩萬分，成功的聚集群眾，大家議論紛紛，讚嘆不已。

不僅各行各業，求新求變，街頭藝人也是如此。他們的伎倆翻陳出新，各有所長，但總能打動人心。

苦肉計

嚴寒的冬季，在這廣場上，聚集滿滿人群。這位街頭藝人穿著厚大衣，準備騎上高高的單輪車。他故作艱難狀，試了很多次，也失敗了很多次，終於好不容易騎上去。他說他是新人，這是他剛學會的伎倆，請大家笑納。他騎上單輪車之後，突然開始脫衣服，一件一件的脫，等到剩下最後一件內衣時，大家尖叫，因為實在太冷了。在這氣溫零下的嚴冬裡，實在不忍心看他赤裸上身。但是他堅持光著上身完成所有的表演。他的表演其實是精采熟練的，可以看出他有豐富的表演經歷。

後來收錢時，他露出寒冷哆嗦的表情，請求大家慷慨解囊。我們這些圍觀者，個個穿著大衣緊裹圍巾又戴手套，當然願意支持並以金錢鼓勵這位忍受寒風的街頭藝人。

他的苦肉計成功了。

嘲諷他人

愛丁堡國際藝術季，讓平日寧靜如湖泊的愛丁堡街頭，突然之間，宛如巨大瀑布一般熱鬧滾滾。從前優雅的氣質面貌，換上熱情喧囂的風情。此時此刻，這城日與夜皆覆蓋音樂，難怪有些酷愛僻靜的愛丁堡居民，選擇在這段時間離開家園，到異地度假，跟我們這群刻意走入熱鬧的觀光客擦身而過。不知道他們去那裏了？而那裏的人們，是否也為躲避他們而遠赴另一處異地？人啊！彼此追尋依附，卻也彼此躲閃讓渡。

這時候的愛丁堡街頭，處處可見街頭藝人。據說，有眾多星探在此挖掘人才，許多知名的演藝圈人士，即發跡於此。這些街頭藝人，極盡能事，大顯身手，為吸引觀眾也期待贏得星探的青睞。幻想成就一場明星大夢。

蘇格蘭人素來與英格蘭人格格不入，街頭藝人的表演，竟然也參雜這般意識。這位丟火炬吞火把的表演者，聽他說話的口音，應該是蘇格蘭人。他在驚險中表演各樣動作，也不忘說說笑話。他說：「各位啊！想不想看看英格蘭人會如何做這項表演？」大家起鬨著說：「好啊！好啊！」

然後他就以酒醉的零亂步伐與東倒西歪的可笑模樣，表演一連串的危險吞火動作，逗著現場觀眾哈哈大笑。他以這樣的笑話與動作，嘲笑英格蘭人醉酒的習性。然而，英格蘭人也在各樣的數據中，指出蘇格蘭是酗酒最為嚴重的地區。

街頭藝人是在地文化的縮影。

利用小孩

這位街頭藝人一開始誠徵小助手。他在徵人過程裡，製造一些笑料，帶動氣氛，在表演當中，他適時差遣這位小助手，做些簡單工作。但是大部分時候，孩童只是站立一旁，幫忙拿道具。然而，因著這樣的互動，為觀眾帶來更多的歡笑聲。

當街頭藝人完成表演節目時，他當著眾人的面前，給予這小孩童薪資，十英鎊的紙鈔。然後大聲疾呼，這位小男孩做工得工價，這錢是他應得的。就像他自己，站在這裡辛苦的表演，也是應得工價。而且這份工作是他的職業，是他賴以為生的工作，希望大家也像他給予這位小孩童的工價一樣，不要只給零錢，請大方給予紙鈔。

聽到這樣動容請求之後，一般人也就不好意思丟下銅板。他利用小孩說服觀眾的計謀很成功。

勵志意味

那是一位十三歲的小男孩，他端坐在街頭拉小提琴，前方放著一張海報，說明他在此當街頭藝人拉小提琴的故事。他簡單的自我介紹，說他已經到了應該換小提琴的時候，因為沒有足夠的經費換琴，所以在此表演。希望善心人士踴躍捐款，幫助他順利募款，買到心儀的小提琴。

這男孩穿著正式，認真拉著小提琴，任誰看了都會想要幫助他完成心願。他勵志的表演，特別容易打動父母的心，路過的爸爸媽媽順便也跟身邊的小孩子機會教育一下：「你們看，你們看，他年紀跟你們差不多，這麼認真又奮發向上，真是難得啊！」然後身邊的小孩就會頂嘴說：「他是騙人的啦，傻瓜！才會給他錢。」

癮

感謝數位照相機的發明，照相的時候，我總是不厭其煩的多照幾張，如今也不會像以前的人所說的犯上「謀殺底片」的罪名。

對於拍照，我深深相信，快門多按幾次，獲得滿意照片的機率也相對提高。所以拍照時，我會拼命按下快門，試圖捕捉各種神情，各種時刻，各種角度的光景，女兒甚至以「發瘋」二字來形容我當時的症狀。

聽到快門按下的剎那所發出「喀、喀、喀」的聲響，我竟莫名其妙地由衷興奮起來。按下去的快門彷彿是觸動喜悅，帶來希望的泉源所在。對於照相，我好像上癮似的。一位朋友告訴我說，她喜愛騎越野機車的丈夫，一旦聽到機車啟動的「噗、噗、噗」聲音，就感到異常興奮。我在享受聆聽相機快門按下的當下，偶爾浮上腦海的就是這則關於機車啟動的故事。

按下照相機快門的雜音以及騎機車發動的噪音，對於他人而言，皆屬於嘈雜令人厭煩的聲音，一點也不悅耳。然而，對於已經染上癮的人來說，卻是美妙如天籟。

關於這無可救藥的癮，有些人聽了就懂，也有很多的人總是不懂啊！

浪漫薰衣草

枝梗修長的薰衣草，有紫色花瓣小朵小朵精鑲於枝桿上。薰衣草的香氣鮮明濃郁，花開季節形成一片紫色花海，淺淺波濤倚風舞動。她們除了飄送迷人芳香外，也構成了一幅自然美景。薰衣草善於貯藏記憶，因為顏色，因為味道，因為花狀，因為風吹起的樣子。

有一年旅行到法國北部，我們居住的度假屋裡，有一座寬闊花園，花園裡有一片紫色的薰衣草花海。打開窗戶，薰衣草花香飄然而至，瀰漫室內。猶然記得男女主人的模樣，女主人克里斯汀來自荷蘭，是一位強勢又有主見的女強人。身為室內設計師，這間度假屋是她精心設計的作品，可以感受到她追求高品質的野心與企圖。剛剛重新裝修完工的度假屋，全部使用昂貴建材，號稱五星級的家庭旅館，簇新又舒適，收費自然也不低。因為昂貴，顧客容易卻步，我可以想像他們面臨的經營瓶頸。

男主人馬克來自倫敦，蓄長髮在腦後紮起一把辮子。他個性隨意，一派自由。他說他原本是一位電匠，因為認識克里斯汀而來到法國，共同經營這間度假屋。馬克負責早餐與環境打理，近年來也開始提煉薰衣草精油；克里斯汀負責晚餐，以及度假屋的行銷管理事宜。兩人分工合作，應該是一個合作無間的親密團隊。

然而，問起馬克是否滿意這樣的改變時？他沉默一會兒，輕描淡寫的說，現在過著很不一樣的生活。語氣裡嗅不到正面的意味。

度假屋的廚房寬敞明亮，其位置是我們進進出出必經之地。而他們二人經常在廚房忙碌，每次經過，總是感受到他們之間的緊繃氣氛。他們二人各做各的工作，很少交談。偶爾談話的神情也很嚴肅，像是在爭論。看到我們出現時，臉上呈現的笑容是瞬間轉換而來的，屬於職業性的笑臉。

早晨，一天的開始，他們總會親切問候我們關於今日的行程。晚上，我們帶著疲憊身子回到住處時，他們就關心問起今日旅程如何等等。他們二人克盡主人身分，給予我們最友善親切的接待。然而，他們臉上的笑容僅僅針對我們，從來不存在於他們二人之間。臉上展現的燦爛笑容並沒有消弭他們之間的緊張與壓力，只為符合現實需要。

如今，不知道他們是否仍然繼續經營這座美麗的薰衣草花園？當薰衣草盛開的花季裡，我偶會想起這個，在浪漫的薰衣草花園裡，所看到的現實生活。

步行的沉思

回不去了

從狐狸路到玫瑰谷診所的路程，超過一英哩路（約一點六公里），我安步當車。今日清晨霧氣濃重，值上班尖峰時段，車潮堵塞，寸步難移。步行者最自在！我以輕盈步伐走過這一條長長的車龍，望見車內的每一雙眼睛帶著焦急。沿路走來，步行者唯獨我一人。

難怪母親經常說「現在村內街道冷清，不知道人都跑去哪裡了？」時代不同，人們以車代步。而高科技產物如電視電腦手機出陳推新，於是忙碌的人們愈發無閒暇走路。這些改變，老母親一路走過，深深感到迎面衝來的浪潮兇猛且無情。

走路的享受，畢竟只有喜歡走路的人才知曉。走路令人身心暢快，思緒清朗。然而時代的潮流向前湧動，很多的事情真的是「回不去了」。關於走路的樂趣就是一種「回不去了」的享受。

回到從前

今天我走在濃濃霧氣裡，加快的腳步中其實帶著一些擔心，不知道會不會下雨？我憶起一個冬日午後，也是走在這一條路上，遇到大雨。突來的一陣大風雨，無處可躲，一身濕。後來疾步走二百公尺左右，來到女兒從前的學校躲雨，好心的女職員，遞來一杯熱咖啡，至今咖啡的香氣與溫度仍在，很溫暖的一刻。今天一路無風也無雨，也是讓我感到幸運與幸福。

走路，真幸福。而更幸福的是，我並非生活在纏足的年代。那種年代，女人大門不出，二門不邁，無法享受大步行走的樂趣。然而「大門不出，二門不邁」這彷彿又是網路時代的寫照了。

誰說「回不去了」？其實從另一個角度想，我們好像又回到從前了。

哪裡也去不了

纏足，令人不可思議的陋習，以外力綑綁讓健康的雙腳骨骼變形，萎縮成三寸金蓮，真是難以想像而且無法苟同的美感。然從前的必然與美事，卻是現代人所鄙視的。又譬如從前西方女性的束腰習俗，更有甚者需要動刀取走兩根肋骨，方能達成十七吋纖細腰枝的目標。為了美麗不擇手段，多麼瘋狂之舉啊。東西方皆然。

每個時代有其審美的主流意識。現在講究的瘦身，應該就是媲美纏足或束腰之類的美的見解了，所以才有模特兒餓死的新聞事件。而且電視媒體上充斥的廣告盡是口紅香水化妝品除毛除汗，種種將女性身體物化的鏡頭，極力宣揚灌輸美麗的一套標準，藉此促銷商品。而美容整形診所裡面，一定收藏無數訴說不完關於身體器官東切西補，上砍下剁，各類血淚交織而成，瘋狂追求美麗的故事。

古時候的女性纏足，目的是嫁入富裕人家。西方女性束起纖細腰圍，甚至導致呼吸困難而昏倒，用以博得男士青睞，同樣是希望嫁入有錢的上流人家。而現代人的美容整形，不也是追求某種虛榮嗎？

這樣看來，女人其實哪裡也去不了。因為人心似乎沒變，總是陷入某種迷思。而那是一處跨過世代之後，永遠難以理解的黑洞，但其本質卻又何其相似。

然而，最最令人痛心的是，女性總是與商品畫上等號：等待促銷。

二手車

每一輛二手車背後都有一個故事，好像每一個人一樣。

這是一個安靜的社區，房子都很寬敞，家家戶戶的花園，默然展現主人的心思與喜好。我們依循地址找到了這二手車的主人所在地，一眼即辨識出分類廣告中刊登的車照片。一輛小型紅色的豐田轎車，停在車庫外面，以一種待價而沽的姿態。

剛才接電話的女士剛好出現，她帶著襁褓中的雙胞胎幼兒懷裡抱著一個正在哭嚎，另一個安靜坐在嬰兒車裡面吸允奶嘴。之前她在電話中告訴我說這車是她的另一半（partner）要買給她的繼女（stepdaughter）亦即她的男人跟前妻所生的女兒，目的是為了要幫助她拿到駕駛執照，但是現在已經用不到了。我好奇的問：「她考取駕照了嗎？」因為我們考慮買這小車也是要給女兒學習開車考駕照。她說「還沒有，她才十六歲。」我還有許多問題，但是電話中，又是初次談話，不宜過於深入，當話題超越了某種界線時，就要涉及隱私了，這是普及全球的道理。

這位年輕媽媽，五官端正，外型亮麗，身材姣好，結論是她是一位美麗的女子。我忽然感到熟悉，莫非在那裡見過面，是某家銀行的職員嗎？還是某一服飾店的店員？或者有一天我們曾經在某個街角擦身而過。啊！想起來了，其實是因為她與某位電影女明星神似，那位不知名的影星，經常出現在電影頻道，長得跟眼前這位媽媽幾乎一模一樣，連俏麗短髮都像。

這時男主人出現，我們看車試開車子後，當然也詢問了購買二手車應該問的問題，最典型的一個問題應該就是：請問為何要賣車？這時候眼前這位中年的英國男子，原本就有些糾結的眉頭更為深鎖。他說：這車原是買給他十六歲女兒，他想以這車子來鼓勵她，認真念書繼續升學，而他也將要親自教她開車，但是沒想到他那不聽話的女兒，還是跟她的男友逃家跑掉了，所以他決定將車賣掉。

這名男子看起來事業有成，談吐中透露其明快果決的個性，他們居住的獨棟房屋寬敞舒適，雙車庫加蓋出來，欲呈現一種關於豪宅的風範。眼前的一切清清楚楚地說著一個家庭的故事，好像電視肥皂劇的劇情。我第一時間想出來的版本是這樣，這男子遇見這位美麗的女子，產生感情，有了愛情結晶。遂與前妻離婚，共組新家庭。正值青少年叛逆時期的與前妻所生的女兒，不滿意這樣的改變，百般刁難父親，故意惹他麻煩。十六歲的女兒，不開心於這個家庭，於是跟男友私奔。

每一輛二手車背後都有一個故事，好像每一個人一樣。

信任的高度

根據一份數據顯示，在英國籬笆界線等問題，是鄰居之間最常發生糾紛的原因。特別是樹籬笆，當樹木的體型逐漸強壯之際，除地面上的問題之外，地底下的根莖也自由延伸。這時候，若有威脅到鄰居的安全感時，糾紛難免。

籬笆象徵安全感，也宣告主權。於是挨家挨戶，有各式各樣的籬笆築起。今天我站在這片草地上，穿越矮籬笆望見鄰居的美麗花園，憶及關於籬笆的往事，不禁莞爾一笑。

搬來之初，這裡有高高的樹籬笆，高度約有二公尺多。那時候女兒們年紀還小，我們經常在花園裡玩遊戲。我教她們打羽毛球，還不熟練時，羽球在空中飄忽不定，嘻笑聲音，隔牆有耳。鄰居偶爾來訪寒暄時，他們會說，隔著高高的籬笆，「聽」見我們在玩羽毛球，因為「看」到羽球在空中飛來飛去。

後來，女兒逐漸長大，功課日益繁重，心思都在別處，也就不常出現在花園裡，而我仍然每日駐足在此。這些年來與鄰居建立了深厚的情誼，原有的樹籬笆，如今變成了可以輕易跨越的高度。我們彼此之間，經常隔著矮籬笆，一聊就是半日時光。

籬笆的高度，等於不信任的高度。心的籬笆也是這樣。

緊緊握著的手

七歲的馬修，今天早上在教會裡和爸爸史提夫坐在一起，他們父子倆人雙手緊緊握住。父子情深，一覽無遺。自從史提夫和凱特離婚之後，他們一家三口再也沒有同時出現過。現在馬修和媽媽凱特一起生活，與父親偶爾在周末相聚。

一年半以前的一場慈善音樂會，原本凱特說好要彈鋼琴以及表演長笛，但是臨時變卦。她寄來一封電子郵件充滿歉意的說，家中有急事將無法如期參加表演。後來見面時，看到凱特一臉愁容心事很重的樣子。我因為跟她不熟，所以當時也沒有詳細追問細節，只是給予她一個深切的擁抱，並祝福她家中問題圓滿解決。我當時注意到她的眼睛裡裝滿淚水，猜想一定是令她心碎的事情發生了。

後來聽說他們夫妻分居，然後正式離婚。

自此以後，馬修一夕之間突然長大許多。從前時時掛在臉頰的無憂笑臉不見了，換成一張較為深沉憂鬱的臉孔。而平日蹦蹦跳跳與其他小朋友玩在一塊的情形也少見了，只看他緊緊依靠在母親身旁低頭看書。

今天早上看到史提夫他不太修邊幅，表情也凝重鬱悶。雖然已離婚，但是聽說他一心一意希望與凱特和好，修復關係。只是，凱特心意已決，不願意原諒史提夫，情況很是棘手。

我今天一整天，常常想到這對父子緊緊握著的手；於是寫下這篇文字，提醒自己，要緊緊把握住自己所擁有的幸福。

芭芭拉的婚禮

上個星期日是芭芭拉的結婚禮拜。我們跟芭芭拉並不熟，印象比較深刻的大概有兩件事，第一，她是詩班的成員，而且她的歌聲高亢婉轉，足以媲美「蘇珊大嬸」。第二，就是七十二歲的她看起來好像才剛要六十歲。特別是此時此刻，她沉浸在甜蜜的愛情滋味中，看起來格外的亮麗迷人。

據說，芭芭拉跟現任的丈夫約翰認識也是從詩班開始。他們這對新人在這場簡單隆重的結婚儀式裡，接受大家的祝福。芭芭拉的婚禮，喚起一些人對於她的第一任丈夫唐尼的回憶。唐尼在六年前過世。臨終前幾年，飽受疾病纏身與折磨，全靠芭芭拉耐心照料。他死後，芭芭拉的日子非常落寞孤寂。

唐尼的個性開朗樂觀，他的喪禮也別具風格。告別式即將結束之前，芭芭拉拿出一卷錄音帶。她告訴大家說，這是唐尼生前錄製好的錄音帶，他交代這要在他的喪禮中播放，所以沒有人知道內容是甚麼。

這時候，大家很好奇同時也是神情凝重地聽著。

「嗨！大家好，我是唐尼，我已經平安抵達了。這裡還不錯，房間也很寬敞舒適。……」

啊！這是大家所熟悉的唐尼，以他一貫的幽默口氣說著。

一片哀傷氣氛中大家立刻破涕為笑。這就是唐尼，總是幽默灑脫的唐尼。

生命的版本

星期天，教會有嬰兒受洗禮，前面三排座位為親友席，其中數位年輕爸媽抱著嬰兒出席。場面熱鬧，耳邊時傳來咿咿哇哇的嬰兒聲，此起彼落，好可愛。令人訝異的是，在這一個小時的崇拜裡，小嬰兒皆無哭鬧，只是聽見失去耐心似的咿唉聲音，但是大致上，小寶貝們表現良好。

這些賓客首次出現，場面新鮮，我忙著觀看，心不在焉。以至於對於牧師誠懇的講道，無法專心聆聽。我特別注意到坐在我前面的家庭，年輕的爸爸抱著小嬰兒，很有耐心的哄著她，媽媽靜坐一旁。牧師講道之際，這寶貝的小手，不斷的伸向媽媽這邊來。這景象任誰看了也會想伸出手來，安撫觸摸，讓小寶貝安心。但是，這媽媽無動於衷，從來沒有伸手回應過。

我一度懷疑，莫非她不是媽媽。但是見她手拿玩具熊寶寶，又看她與丈夫的互動，推測她應該是孩子的媽媽沒錯。不過，即使不是媽媽，看著這小寶貝伸出來的手，小小的柔軟的呼喚，多麼惹人愛憐啊！任誰都會想伸出手回應一下，就算是陌生的人坐在隔壁也會，我想。但是，這位媽媽卻是從頭到尾視若無睹，沒有反應。只見女兒的小手不斷向著她的方向，在空中揮舞，捕抓空氣。

這位年輕媽媽，穿著一件黑色洋裝，臉上仔細畫著彩妝，眼皮上塗滿粉粉亮亮的淡藍色調，她眨著眼睛時，似銀河閃爍好美麗。她尚且年輕，但是，不再是青少年般的年輕，也並非處於不懂世事以及處處以自我為中心的年少階段。她大約二十五歲左右，嬌滴滴地模樣有如一尊芭比娃娃。

對於身邊小寶貝的小手揮舞，她為何不回應呢？我猜，也許她擔心在安靜的牧師講道時刻裡，她的回應將會引來小寶貝的哭鬧。但是，後來主日崇拜結束時，她仍是與嬰兒保持距離，冷漠坐在一旁，任由爸爸繼續抱著逗著小寶貝玩，而媽媽的雙手則玩弄著玩具熊還有一串車鑰匙。我想，或許她感冒了，不適合與小寶貝親近，所以無視於小嬰兒的小手揮舞，以及渴望索求母親的注意。但是，後來我們聊天之際，發現她看起來健康正常並無感冒症狀。我百思不得其解之後，突然有個想法。也許她只是不習慣與人親近接觸罷了，即使是自己的小寶貝，她也不習慣，而且一定有某種原因，某種環境形成這般性情。

但是無論如何，此刻她是幸運且幸福的。孩子的父親，她的丈夫，自然流露的愛心，以及無限包容的耐心，恰可彌補媽媽的冷漠與不足。我看著這個家庭，又望向教會大扇玻璃外面的藍天，以及天空中流動的柔軟白雲，雲朵因著微風的方向與速度，緩慢往四面八方發散出去，形成不同的圖狀與景象。移動的風改變現狀，而光陰也將如風而逝，我的思緒陷入想像。

我想像多年之後，這個家庭成員增加了，當有更多孩子們伸出更多的手來索取愛心以及注意力時，這媽媽的反應將會如何？她是否仍然堅持不願伸出雙手？任由丈夫忙碌照顧子女？而疲於奔命的丈夫，是否仍然甘心樂意付出，無私奉獻自我？還是丈夫開始抱怨連連？於是夫妻終日爭吵不休，或者媽媽因著環境而改變自我？她終日忙於家中小孩，已經無暇畫上彩妝，眼皮上的閃爍銀河不見了，換上慈祥注目子女的眼神。

多年之後，這個家庭的生活版本，將由他們自己的行動親自寫出。就像我們每一個人的生命版本一樣，自行寫下專屬的版本。如同天空中流動的雲朵一般，人生有好多的可能性。每個人的選擇看似多樣善變，然而選擇的路途，終究只有一條，一條無法折返的路。

星期日的清晨，聆聽牧師講道之際，我一句話也沒聽進去。但是，又彷彿聽到了宏亮的鐘聲敲響，從心底聽見了巨大聲音。

雨後的山路

山路難

雨後的山路非常泥濘，其實已經連續兩天大放晴天了，只因冬天日照時間短暫，以致路況還是潮濕滑溜。行走在這樣的山路裡，每一個踏出去的腳步等於一個決定。譬如，踩在滿地鬆散的落葉表面是安全的，而表面光禿的泥地是險境。堅硬石子路看似坎坷反而安穩，輕薄的草面可能暗藏危險。而淙淙的纖細流水處，其中沖刷乾淨的裸露石頭處最是安全，當然你必須穿著長筒雨靴。

因地形與土質的差異，行走在雨後的山路，你隨時需要做出正確的判斷，確保腳步踩穩在正確位置上，否則將會出現一幕幕非常驚險的鏡頭。然而判斷的正確與否，全憑經驗來主導。

雨後的山路，是一條人生的路。

小湖泊

在山腰斜坡處，一棵光禿禿的銀杏樹下，因雨水累積造就出一面鏡子，鏡面映照的美景格外迷人。走到這裡，目光總是流連久久，腳步因而停駐下來。這是山坡上的一處低窪地，足量的雨水屯積後，自成一處臨時小湖泊。橢圓形的湖面，長約六公尺，寬約二公尺，狀似台灣地圖。

這池湖泊，淺淺水面清澈見底。湖底有滿滿的枯褐葉片，層層疊疊，就像是古老許願池內的一堆生鏽銅板。每一片枯葉是大地許下的心願。此時此刻，年老的銀杏樹，樹葉落盡歷經嚴冬考驗，猶然帶著堅強容顏。陽光閃爍於樹梢，閃閃亮亮，又藍天為背景，微風助興。這番景象，倒影於湖泊，映入眼簾，加倍動人。

山路陡峭，下雨過後容易跌跤，不宜攜帶相機。可惜啊！身邊沒有照相機。面對難得美景時內心不免發出這樣的感嘆。我用心細看眼前風光，分外努力，期將這幅天然美畫懸掛心間。如果帶著相機，我或許就不會這樣專注吧。因為過於仰賴相機抓住瞬間的功能，也就容易忽略眼前實際的變化。

沒帶相機的時候，猛然發現，相機其實就在心上。

何謂自然

冬天的山路，沿路樹林空曠，眼前雖是一片荒涼，仍有鳥聲婉轉繚繞。鳥兒是人類的朋友，悄悄帶來愉悅心意。此刻陽光燦燦，一隻知更鳥近在眼前，距離約二公尺遠處，他全身褐色羽毛胸前裹上橘紅一片的圍巾。這是一隻涉世未深的知更鳥，對於危險欠缺警覺。我近距離觀賞他三分鐘之久，他才劈啪一下子拍翅飛走。瞬忽陽光潑灑在羽翼間，強光穿透它如扇張開的尾羽，我的心靈為之一振。

知更鳥遠飛之後，耳邊傳來一陣尖銳聲音，我循著聲音以目光仔細搜尋，終於找到一隻盤踞枝頭的藍雀。今天的藍雀歌聲實在很奇異，非常急躁尖銳，讓我誤以為是某種昆蟲發出的聲響。對於小鳥，我只僅止於表面的欣賞與觀察，此刻非常好奇，這著急的語調，究竟傳遞甚麼信號。

小鳥總是引人聯想，它們蹦蹦跳於枝椏間，如同五線譜上的音符，其清脆歌聲帶給音樂家創作的靈感。而小鳥也是畫家的最愛，它們輕巧身影令人陶醉喜悅，其色彩繽紛也是藝術家創作的題材。小鳥倏忽來去，優美如詩句。然而對於此刻的我，小鳥是記憶之按鈕，啟動了一則童年往事。

童年居住在山裡，山居歲月『崩山』是一個夢魘。

在土石流還未成名的年代，『崩山』是一個恐怖名詞，也是家破人亡的代名詞，或者是一個動詞，讓人聞之驚恐的自然大動作。住在山區，見過也聽聞各式『崩山』，小則道路阻塞不通，需要繞道而行。大則某某人家，整個家族被崩山淹蓋，一家十口喪命其中。

童年的我歷經一次『崩山』。連續幾天的大雨沖刷，好像整盆水直接從天空潑下來。難以想像啊！雨水竟然如此豐沛。就在下雨過後的一個傍晚，前院樹林裡的畫眉鳥顯得十分不安寧，優雅的歌聲不再，卻是出現一幅成群驚恐振翅而飛的聒噪圖景。當天深夜，前院崩山。我們倉促逃離老家。而畫眉鳥預知了這場災難。

據說天災發生之前，許多生物已經提前預知災難的腳步，於是趕緊遷移逃離現場。譬如二〇〇四年發生的南亞大海嘯，兇猛海浪撲向位於斯里蘭卡東南部的亞拉（Yala）國家公園，此地是斯里蘭卡最大的野生動物保護區，擁有數百頭野象和不少美洲豹。然而當地野生動物學家深感驚訝，海嘯後他們居然沒有發現任何一具動物的屍體。這說明了大自然的奇妙，動物的敏銳度超乎人類，不需要精密儀器測度，純粹自然的本能。

自然是什麼？我突然感到迷惘。正如聖奧古斯丁關於時間的名言：『你沒問我甚麼是時間，我似乎知道。但是當你問我甚麼是時間的時候，我又茫然了。』對於自然，也有相同的疑問。你沒問我甚麼是自然，我似乎知道。但是當你問我甚麼是自然的時候，我又茫然了。

維基百科全書裡對自然的定義是：『自然，最廣義而言即是自然界、物理學宇宙、物質世界以及物質宇宙。「自然」指的是自然界的現象，以及普遍意義上的生命。』我重複閱讀這個定義，仍然感到非常茫然。

突然間有一個霎那，我好像想通了。「自然」其實就是我們的真心，「自然」存在於最誠敬清澄的心底深處。

我看見了

這生命的杯啊！
盛滿了甚麼？

攝影：張玉芸

歲月的價值

『睡眠是甜蜜的，成了頑石更是幸福，只要世上還有羞恥與罪惡存在的時候，不見不聞，無知無覺，便是我最大的幸福，不要來驚醒我！』〈米開朗基羅〉

「埋葬基督」（The Entombment）是文藝復興時代的藝術大師米開朗基羅，留下來僅有的三幅平面畫作之一，目前由位於倫敦的英國國家畫廊（The National Gallery）所收藏，這是一幅尚未完成的作品。我們參觀該畫廊時，巧遇一位美術系的大學生，坐在一張矮板凳上，專注臨摹該畫，她忠實原作，栩栩如生地畫下一幅尚未完成的畫作。

米開朗基羅對於在畫板上完成的藝術品評價甚低，他說，「平面畫作是屬於婦女以及懶惰的人所做的事，他自己所追求的是更高難度的挑戰。」他以雕刻家自詡，當他被迫指派去完成西斯汀教堂的壁畫之日，他憤怒地寫下：「一五零八年五月十日，我，雕刻家米開朗基羅，開始作西斯汀的壁畫。」

西斯汀教堂的巨型壁畫面積達十四乘三十八點五平方公尺。工作時日，米開朗基羅把自己封閉在教堂內，拒絕外界的探視和其他助手的協助，從腳手架的設計到畫面內容的安排、從構圖到色彩調配全然由他一人動手完成。

「我的鬍子向著天，我的頭顱彎向著肩，胸部像頭梟。畫筆上滴下的顏色在我的臉上形成富麗的圖案。腰縮向腹部底地位，臀部變成稱星，壓平我全身底重量。我再也看不清楚了，走路也陡然摸索幾步。我的皮肉，在前身拉長了，在後背縮短了，彷佛是一張彎曲的弓。」

以上為米開朗基羅對他近五年來在西斯汀教堂工作狀態的描述。這段期間，米開朗基羅日日仰躺在十八公尺高度的台架上作畫。當作品完成時，三十七歲的米開朗基羅身心疲累如同一位歷經風霜的老人家。由於長期仰視，完工之後的幾個月內，他的頭和眼長久不能低下，連看一封信也必須拿起來仰視，米開朗基羅用青春生命的代價完成西斯汀教堂的這幅天頂畫。數百年來，他以艷麗莊嚴的色彩與圖樣，吸引後人仰臉張望，慨然發出無限的讚嘆與驚奇。

雖然米開朗基羅對於繪畫評價不高，但是他畢竟還是提筆作畫了。我看著「埋葬基督」這幅畫尚未完成的部分，好奇的想像，究竟是何原因讓意志力向來堅決的米開朗基羅停頓下來？雖是一幅半成品，但她被視為珍寶，懸掛在畫廊裡，供人憑弔，引人遐思。如果米開朗基羅能夠預知後世人們對於這幅畫的珍視，他該會如何盡心盡力的完成她。

人生難免存放半成品。我的電腦裡總有幾篇書寫一半的故事，未完成的詩句段落。做音樂的人，必然貯藏了一些斷詞殘曲，以及幾首哼了一半的歌調。而我的櫥櫃裡也有幾條織了一半的圍巾，總有原因耽誤完成的心志。而畫家的畫室裡，必定也有幾幅畫到一半的風景，木匠的工作坊裡，或許零落散置幾張待完成的椅子及矮櫃。對於園藝家而言，他的綠房裡，想必也有幾株等待移植的幼苗。

於是，我們的生活裡無可避免的充斥未完成的事件，他們可能被視為瑣碎與無效，或處於漫長的等待狀態中。然而，米開朗基羅的半成品，因著藝術家不平凡的靈魂，即使是一幅尚未完成的畫作，隨著光陰歲月的流轉，卻日日賦予她無可計算的價值。

光之畫家

自稱為「光之畫家」的湯瑪斯・金凱德（Thomas Kinkade），辭世於二〇一二年四月六日，享年五十四歲。

也許很多人不知道湯瑪斯・金凱德，但是相信大家一定見過他的畫，而且很多時候是在一種非必然卻是偶然的情況下看到的。就像是賣知名運動球鞋或網球拍的模特兒，你總是可以在公車站牌，商店的大型看板或是雜誌廣告看到這些熟悉的臉孔。或者也像ABBA或Bee Gees的流行歌曲，他們的歌曲經常播放於餐廳或商場裡。你或許不知道演唱者是誰，但你總是經常聽到而且感到熟悉。這跟湯瑪斯金凱德的畫作一樣，你不一定知道畫家的名字，但是你到處看到他的作品。

湯瑪斯・金凱德的畫作，以鮮明的顏色和柔和的光線著稱。其作品風格混合了印象派以及傳統的美國風景繪畫，畫中場景常常以花園、小溪、田園小屋等等為主。由於擅長描繪光影的瑰麗變化，他自稱為「光之畫家」（Painter of Light），而且還拿去註冊成商標！而他有一句名言：愛是全世界最明亮的光！

湯瑪斯金凱德生前是美國最受歡迎的畫家之一，他的畫被大量複製。根據統計，在美國每二十個家庭就有一個家庭擁有他的複製畫，這個數字有夠驚人。

新聞報導指出，生前獨居的湯瑪斯金凱德，死因尚未明朗，可能是酒精中毒以及服用過量藥劑。這一段敘述讓人驚訝，我雖然並不特別欣賞湯瑪斯金凱德的畫風，但對於他的故事有一些了解。畫家擁有一個幸福美滿的家庭，美麗賢慧的妻子以及四位活潑漂亮的女兒。家庭幸福和樂，是畫家給予眾人的形象。畫家來自貧窮的單親家庭，因此特別看重家庭關係。這也就是為什麼，畫家的畫筆，總是畫出家庭和諧溫暖的燈光，縱使外面風雪籠罩。湯瑪斯金凱德深愛妻子 Nanette Wiley，於是就在自己的繪畫裡面，隱藏一些N字，象徵他對妻子的愛慕之情。這些小小的N字，可能是在屋簷上、在窗框裡、在馬匹上、在樹葉裡或是在橋墩上，你需要仔細尋找才能找到這些隱隱約約的N字，於是欣賞其畫作時，尋找N字也是樂趣之一。

據說近年來湯瑪斯金凱德的財務潦倒，死亡之際，負債九百萬美元。他的哥哥出面聲明，畫家對於公司宣佈破產打擊甚鉅，以及他大受市場歡迎的畫作被一些藝文界人士批評的極為難堪，說他是通俗畫作之王（King of Kitsch）。畫家表面上不在乎這種負面評語，但是內心深處十分在意很受傷害，深感鬱卒。又說畫家長久以來的酗酒問題時好時壞，青梅竹馬的妻子在一年多以前已經離開他，雖然未離婚但呈分居狀態。

如果只看表面，湯瑪斯金凱德應該是富裕的。他的畫受到歡迎賣座，限量的複製畫一幅動輒數千英鎊，而且非常暢銷。原版畫作更是昂貴，但也受到收藏家的喜好與珍藏。除繪畫之外的一些周邊產品如拼圖、書籍、文具、CD等等，也帶給他龐大的財富，每年估計獲利高達三百萬美金。

如果看表面，畫家他應該是快樂的，因為他的事業是他的興趣，而這興趣又帶給他物質與精神的豐富收穫，這是極幸運的人生。畫家每一幅畫平均超過上百個小時完成，然而他浸淫其中，享受繪畫之樂。我想他也應該擁有一顆喜樂平安的心，因為畫家有一份堅定的基督教信仰，他樂意施予，熱心助人。顯然，我所有的推測皆不正確，畫家心裡背負的重擔與憂愁，遠遠高過被外人所看見的榮耀與幸福。

回顧畫家一生的故事，不勝唏噓。這幾天我將再去逛逛湯瑪斯金凱德的畫廊，而我也有心理準備，當我再次尋找到N字時，她已經不再是充滿愛意的密碼，而是變成一個又一個令人嘆息的符號了。

你的喜歡

英國的水石書局（Waterstones）是我們經常出入的地方。每次到市區辦理事務或者購物完畢與人相約，醒目的水石書局是最佳選擇。等待當中翻閱書本，也是一種享受。今天的水石書局內部擺設大搬動，頗有換季味道。食譜類與旅遊類挪到更加顯眼的大門入口處附近，而且擴大版圖，增加好幾座書架，想必是順應市場風向，可以想見這類書籍大受歡迎。

今天在書局裡，隨手拿起的一本書是《You are what you eat》。顧名思義，這是一本關於飲食與健康的書。我開始舉一反三的想著不僅是吃進去的食物會影響自己成為怎樣的人，其實你說出去的言語也象徵你這個人，所以「You are what you say」。而你的穿著打扮也透露你的喜好與個性，所以「You are what you wear」。總而言之，其實就是「You are what you like」。每個人皆可從喜歡的事物中找到自己的一些特性，而且從這些蛛絲馬跡中追尋到自己的身影。

有位水彩畫家非常喜歡腳踏車，他特別深愛轉動不停的腳踏車輪，因為象徵生生不息的生命活力。我也認識一位建築師，他無可救藥的著迷燈塔，可能是燈塔的指引功能以及在黑暗中提供的亮光，帶給他喜悅與盼望。也有人瘋狂的愛上橋，也有人喜歡天空，有人深愛溫暖的燈光或者綻放燦爛的花朵。也有人喜歡亮晶晶的裝飾物品，這樣的人或多或少帶有一種期待被看見被欣賞的心態，甚至欠缺某種自信心。

每個人有各自的喜歡。我認識一位朋友，她的喜歡是墳墓。身為攝影家，她的攝影主題總是墳墓。她到世界各地旅遊時，特別喜歡探訪該地的墳墓。不知道她從這些墳墓中看見了甚麼？她的喜歡，是一般人們想要逃避卻最終逃不開的結局。墳墓給人的聯想是死亡、恐懼與結束。

我也喜歡墳墓，但是不會把目光聚焦在此太久。墳墓可以讓人清醒，使人達觀。偶爾會在失意時候，去看看荒涼頹廢的墓園，於是開始珍惜落寞失意的心情，也為自己所擁有的生命力心懷感恩。我在斷裂的墓碑中看見追憶的距離，人生其實很短暫，緬懷的心思往往不及一棵松柏樹，心中的重擔因而變得輕盈。我也從安靜的墓地看見人間塵囂的趣味，所有的紛擾與擔憂，以墳墓為背景，在死亡相襯之下，居然可以看見美麗的色彩。

墳墓提醒人們，觀看人生，思考死亡。

我相信這位喜愛墳墓的攝影家，必定從墳墓中得到許多的智慧省思與安慰。但是美麗又讓人振奮的事情何其多，我欠缺孤注擲在墳墓上的精神。墳墓是這趟旅行過後躺下來的一個標點符號。所以我還是比較喜歡，趕緊欣賞眼前各樣動人的景色，其他的就等到了終點站時再說吧。

英國皇室

二〇一二年適逢英國女皇伊莉莎白二世加冕六十周年紀念日（Diamond Jubilee），關於英國皇室存在的價值與否，長久以來被各界所討論。相信共和體制者，堅決反對皇室的存在。譬如我有一位英國朋友，當舉國歡騰慶祝威廉和凱帝結婚那一天，他拒看電視以示抗議。當他問我是否要看婚禮轉播時，我回答：「應該會吧，雖然不至於全程觀看，多少也會看一部份。」因為知道這位朋友強烈的反皇室立場，我在言談之間刻意淡化對於皇室的興趣。

在英國電視新聞裡經常邀請各派人士，探討或辯論皇室存在的必要性。但是討論歸討論，誰也沒有被誰說服過，依舊是兩派說法各自堅持已見。有一位贊成者說應該要有皇室存在，那是英國的悠久歷史與傳統，他義正嚴詞，彷彿假若沒有英國皇室存在，英國歷史便蕩然無存似的。這樣的說法令人無法苟同，但這是劍橋大學著名歷史學者所說的話，份量似乎有一些。

反對皇室者認為，英國皇室浪費納稅人的辛苦錢，皇室成員吃喝玩樂，享盡榮華富貴，但是道德水準低落。又說除了英國女皇伊莉莎白二世受到舉國民眾的愛戴之外，其他的鮮有好榜樣。反對皇室者認為皇室乃是英國邁向民主發展的毒瘤，絕對必須摘除。況且皇室彰顯社會階級，妨礙民主國家的平等進步，實在沒有存在的必要性。但是反觀其他國家，即使沒有皇室，階級之別仍是存在，所以好像也不該將此歸咎給皇室。

總之，皇室存在的價值好像是一個無解的題目，淪為茶餘飯後閒聊之話題。

在許多的訪談過程中，有一位公關公司的負責人說得最為實際。她坦白的陳指，皇室有如英國政府投資的一家公司，如果績效不錯，也就是可以為國家帶來足夠的經濟效益，當然就有存在的價值。假如成效不彰，只好宣佈倒閉關門。英國皇室存在的實質意義確實也是如此。雖然皇室是大多數英國人民的精神倚靠，但是也有人不屑一顧。最近有一份機密文件流傳出來，那是一份曾經拒絕英國皇室授封的名單。其中不乏知名人士如兒童文學作家 Roald Dahl，著名的牛津大學學者以及作家 C.S. Lewis，印度詩人也是諾貝爾文學獎得獎者 Tagore，還有就是以畫人物畫像著名的畫家 Lucian Freud。

我問丈夫：「如果有一天英國女皇要授予爵位給你，是否要接受？」

他想了想說：「可以啊，如果接受了封號增加了知名度，也許可以幫助更多弱勢的人。」

我說：「如果女皇要授封爵位給你，必定是你已經有了某種程度的知名度。也就是在某個領域上已經有出色的表現與成就，所以也已經有能力可以幫助更多的人。根本不需要靠這個頭銜來增加知名度。」他聽了深覺有道理。「那麼還要去接受嗎？」我問。他說：「還要想一想。」

我認為女皇授予爵位只是錦上添花。如果有一天真的收到通知說女皇要受封的消息，還真要好好思考一下要不要去接受。我們是不是過於未雨綢繆呢？不過很慶幸，目前還不需要為此事煩惱。

嘿！你說我們是不是很阿Q？

人生的目標

二〇一二年七月十二日，英國的電視新聞裡傳來一則不幸消息，向來有「詛咒之峰」之稱、歐洲最高的阿爾卑斯山伯朗峰山區今日發生嚴重雪崩。豐厚積雪崩塌直奔淹沒一群歐洲攀山客，造成至少九人死亡，另有九人受傷，四人失蹤，這是該地區自從二〇〇三年以來傷亡最慘重的一次同類型災難。

新聞指出這起雪崩意外有多位英國人喪生，包含英國籍的高山嚮導在內。這樣的內容，讓我想到好朋友大衛夫婦的兒子安迪。安迪住在法國南部與瑞士交界處的阿爾卑斯山上，是一位高山嚮導，他的家位於海拔一千二百公尺左右之高處。

今年夏天大衛夫婦去探望兒子回來時讓我們看的照片，其中一張是兩老坐在兒子家中客廳，明亮的窗戶望出去的風景正是白雪覆蓋的險峻山峰，那就是伯朗峰，讓人眼睛為之一亮。這風景有如觀光地區明信片的照片，或者是某次旅行途中留下來的難得好景致，你很難想像這是從平常居家客廳的窗口看出去的風景。

聽到這則令人震驚的消息時，自然而然聯想到安迪。我們望著電視螢幕，豎起耳朵，張大眼睛，仔細看著電視跑馬燈上的傷亡姓名。死亡人員之一的高山嚮導羅傑，他是安迪以及大衛夫婦的好朋友。

伯朗峰（Mont Blanc）被視為歐洲最危險的山峰之一，攀登者人數眾多，有時一天之內高達到四百人，廣受歡迎程度可以想見。伯朗峰山區遍佈冰川跟積雪，是全球最艱險的登山路線之一，平均一年約有一百名登山客葬身於此。

問起大衛夫婦這起雪崩意外，是否會影響安迪繼續從事高山嚮導的工作。他們說，此刻的安迪因摯友過世而哀慟，但是安迪喜愛高山，離不開高山峻嶺。安迪經歷多次山崩以及生死交關的時刻，身上也留下一些傷痕，他肋骨斷裂，腿部骨折，膝蓋受過重傷，但是所有的磨難皆沒有改變他征服高山的心意。

我說，那是一種癮啊！

就像寫作的人好像被文字監禁，需要以書寫來釋放自己。原來登山也是一種癮，登山者藉登上高峰釋放自己。這有如賭博喝酒，一旦上癮，便無可救藥，很難逃脫。

險峻的伯朗峰，每年都有人喪命於此，但是她仍然吸引眾多的登山客，絡繹不絕地想要征服她，憑藉其四千八百公尺的高度觀看世界。許多熱愛登山者，他們立下的人生目標之一，便是征服伯朗峰，縱使困難重重又有生命的危險，他們也不畏懼。

我最近經常思考，我的人生目標又是甚麼？

茉莉和薔薇

八十歲的茉莉，風塵僕僕的度假歸來，她去拜訪住在北方的姊姊薔薇。茉莉說，她跟姐姐個性迴異，想法也很不一樣。茉莉知道有些話題，說了彼此將意見相左，也就避開不談。譬如，種族問題或者對於同性戀的看法。從前年輕時，她們常因意見不合而起爭執，如今年長，大家懂得迴避與尊重，於是相安無事。

個性達觀的茉莉說：「姊姊薔薇總是有說不完的抱怨，所有的事情在她看來都不順眼。」「那她的生活一定很不快樂了。」我想到我周圍有這樣個性的人好像都不快樂。茉莉說：「確實，她真的很不快樂，不過她的生活也無法令她快樂就是了。」「怎麼說？」我進一步追問。「薔薇她的婚姻不幸福，跟丈夫相處一直不融洽，跟子女感情也不睦，健康情況又差，種種因素加起來令她無法快樂。」我說：「不知道這是因為她的個性造成這些不快樂？還是這些事情的發生導致她變得不快樂？」

我的問題一問出去，大家都安靜了一下。

我想到茉莉她自己。倘若仔細觀察茉莉的生活，其實也有許多讓她不快樂的事情。她的健康並不好，經常有病痛。但是她總是說：「我知道怎麼面對處理，所以也還好。」茉莉的生命裡幾度遭逢困頓，比如她的孫女重度殘障，無法自理日常生活，包括大小便及飲食以及說話等等。但是她總是記得兒子在醫院接獲確認這不幸的消息，立即打電話給茉莉時，正逢聖誕節前夕，而茉莉正在市區一所大型超市裡獻唱詩歌，當時站在她身旁的菊花立即給予她一個溫暖的擁抱。十五年已經過了，然而，這個擁抱的溫度一直還停留在茉莉的心裡面，對此茉莉心懷感謝。

還有，茉莉總是樂意付出。當她知道有誰正值人生低谷時，她會問對方：「我可以為你做甚麼嗎？」如果那人說：「請為我禱告。」她會說：「除了禱告之外，是否還有甚麼我可以實際為你做的事情？」這就是茉莉，在她的世界裡，她縮小了自己的苦難，卻懷著感恩的心去關心別人。因為如此，沒有人相信她已經超過八十歲了。因為她給予人的感覺，總是那麼的年輕。

這一家人

轉眼之間，勞倫斯攜家帶眷回來跟父母親同住已經一年半了。

一年半前，喬治夫婦說他們的長子勞倫斯失業，即將偕同待產中的女友搬回來同住。當時喬治夫婦的心情並不開心，提起這件事，眉頭深鎖，透露幾許徬徨與不安。

個性溫和的喬治說：「為人父母總希望自己的小孩長大之後，有一份安定的工作、結婚、生子依循這樣的順序進行。但他們偏要反其道而行，真是拿他們沒辦法啊！」從喬治說話的口氣感受到他的無可奈何。

兒子一家人回來居住，勢必影響喬治夫婦規律已久的生活作息，兩老雖不情願，但兒子失業，女友又臨盆在即，為人父母的說甚麼也不會棄他於不顧，於是他們在嘆息和搖頭中點頭接納這一家三口的歸來。

那時候看到的勞倫斯，雖然外觀也是如現在一樣的渾圓有肉，但總還保有一種職場上的活潑氣息，與時代潮流的同步感覺。如今他身材更加圓胖，度過一年半賦閒在家的鬆散生活後，眼前的他，好像英國時下的無業男子，依附救濟金過生活的典型樣子。他穿著休開寬鬆長褲，彎下腰來抱起剛滿一歲的小娃兒時，屁股溝露出了一大截，我趕緊別過頭，不想觀看如此不雅的鏡頭。

「勞倫斯，趕快呀！我們要去公園了。」勞倫斯的女友凱薩琳，體態臃腫足以與他匹敵，甚至有過之而無不及。她在樓梯口大聲叫喚。他們走出去時，我看到的背影是兩個身體豐滿如圓球的父母親，帶著雙手揮舞的可愛小娃娃在眼前走遠消失的畫面。

一年半了，時光悄悄的改變這一家人。每一個人腦袋裡的想法，被時針分針滴答滴答地扭轉到不同的方向去了。

現在喬治夫婦對於小孫子疼愛到不行，他們說：「我們不能一天沒看到我們的寶貝孫子，每天看著他是一件最愉快的事情。」如此篤定的態度大大迴異於之前的那份遲疑。

而勞倫斯的職業氣息全然消失，從前想要找工作的熱切意念，逐漸冷卻。每天安逸度日，一家三口倚靠父母共享天倫之樂，雖然沒有奢華生活，衣食卻也無虞，這樣的日子好像也不是太糟糕。

凱薩琳呢，她食量大增，以生養小孩以及自己的體力要兼顧為理由，肆無忌憚地大口吃肉。又聽說巧克力可以克服產後憂鬱症，她為了生理心理雙重健康的因素，甜膩膩的巧克力總是吃個不停，年紀輕輕身材竟也迅速變形。

這一家人，在安靜的時光之河裡，親情的滋潤洗滌下，想法全部煥然一新。

房屋出售

生活有時像一齣默劇，她在眼前安靜流動，無聲無息，卻讓人一目了然。

今天這小巷子裡面的「房屋出售」牌子，好像是一個句點，又好像是電視遙控器，她把時光倒轉回去，讓這默劇快速倒帶，又快速放映了一遍。

隔壁一條街的小巷裡，有一棵高約三公尺的玉蘭花樹，夏天一到，原本光禿禿的樹，首先自信滿滿地開出一片讓人驚艷的花朵，待花開花謝之後，綠色葉子才心甘情願一片一片舒展開來。這種順序，一開始讓我感到詫異，但是後來年復一年，日復一日，也就習慣了這樹的習性。

開花的季節裡，當你走到樹下，仰臉觀望這些夢樣般的花朵，陶醉於其淡紅色澤與嬌媚模樣之際，你向左邊看過去，這裡竟然藏著一條往上坡走去的小巷，你如果有足夠的好奇心與膽量，再直直走進去，走到最裡面的轉角之處，會發現那裡有一棟平房。房子前院花園似乎荒廢，全然沒有漂亮的花花草草站立於其間，僅有幾株長得過高，無人理睬的枯萎野花，兀自開放，任憑凋零。

平房裡面住著一對老夫婦，不要以為我敦親睦鄰，深入大街小巷去探訪。其實我是因為遛狗才與附近社區如此貼近，又因小犬是一隻好動聰明的邊境牧羊犬，我遛狗的動線也隨之活潑跳躍。

一個偶然機會，我帶著七週大的小狗，走進這條小巷裡面，巧遇這位行動遲緩，似乎中風過的老先生。他專注看著我的小狗，以沙啞的聲音告訴我：「我從前也有一條邊境牧羊犬，他叫查理，跟你的狗一模一樣。」他看著狗兒，若有所思地說。

「是嗎？那你現在還養狗嗎？」

「沒有了，查理十四歲時死去之後，我就沒再養狗了。」接著他看著我這頑皮不聽話的狗兒，緩緩地又感慨萬千的說：「我真希望我有他這般的精力啊！」老人家語氣顫抖。

當時的我，正處於想盡辦法訓練小狗的頭疼階段，因為老先生的這句話：「我真希望我有他這般的精力啊！」突然提醒了我——珍惜小狗成長的每一個階段。雖然當下艱難，但頑皮的小狗，將會成長老去，也會失去如今這般的旺盛精神，而我們每一個人不也如此嗎？每天都是處於凋零當中，因此把握現在格外珍貴了。

後來，就沒再看到這位老先生了。

有一天，帶著狗兒，散步到此地。看到一位駝著背行動緩慢的老太太，她步履有些艱辛的進出屋裡屋外，好像在整理房子，而房子外面散放一堆廢棄之物。接著的有一天，這位老太太，帶著簡單的行李走出來，外面有一輛車等著，把她載走。我一看就知道，她將出發到安養院居住了。

後來「房屋出售」的牌子出現。今天我帶著三歲的小狗，看著這個「房屋出售」的牌子，她好像是一個人生句點矗立在眼前。「房屋出售」字樣一開始很清楚，後來卻在我的眼睛裡模糊起來。我趕快擦乾眼淚，假裝是風沙過大的原因，然後趕緊快步走過，免得情緒失控太多。

生活真像一齣默劇，她在眼前安靜流動，無聲無息，卻讓人一目了然。

偽裝的天性

初夏的一個下午時光，我走在花園的階梯上，看見一片葉子蟲，這是我自行幫她命名的。因她形狀宛如葉片，尾巴部位微泛枯黃顏色，整體看來逼真如葉，只是多了幾隻細細的腳，身軀緩緩移動著。乍看之下，她真像一片葉子，一片掉落在階梯上的微枯葉片，偽裝得好成功。

又有一天，我站在池塘邊，看見蜻蜓之間追逐飛舞。蜻蜓有赭紅色的瘦細身體，翅膀透明，她們靜靜停在池邊的松柏樹梢間。這款松柏樹也有赭紅枝桿，一隻隻的蜻蜓把自己暫停成植物的一部份。她們赭紅細長的身軀，宛如松柏枝子，這是自然界的偽裝，是一種自衛，也是恩典。我曾經觀察飛鳥在天空翱翔的模樣，發現他們好像雲朵，這才恍然大悟，隨時身處危險狀態的鳥類，飛翔的姿態，其實也是一種偽裝與保護，讓遠方的禿鷹不容易注意到她們。

我也看過松鼠，攀爬樹幹又意識到危機時，他提高警覺動也不動的緊緊依附在樹幹上，儼然就是樹木模樣。這時候不僅是松鼠的顏色，還有他不動聲色的表情，彷彿打定主意暫時要把自己變成樹的一部份。不僅是自然界的生物，人類也是這樣，人常會不自覺的以各樣偽裝來保衛自己。

我曾經認識一對經營旅行社的夫妻，有一天得知該旅行社即將搬遷，我在電話中關心詢問時，前後剛好跟夫妻二人通過電話，而兩人截然不同的反應，令人莞爾。

妻信心滿滿的說：「舊的辦公室不敷使用，我們需要搬到寬敞一點的辦公室。」夫驚慌地說：「不得不搬啊！不良幫派在電梯廝殺，還見血呢！真是太恐怖了，走為上策啊！」妻子所言正是人類使用語言防衛自己的一個例子。

動物以偽裝來護衛自己，模糊環境讓人辨識不清，藉以脫離險境求得生存。而人類偽裝的原因各有不同，各自認為有其必要，自然而然成為神聖理由，重要程度好像自然界生物要保命一樣。有人習慣以誇張的言語來包裝自己，呈現虛浮樣貌，而誇張越過了某種界限便是謊言。許多人為要贏得掌聲，獲得讚美，只好編造故事。大部份的偽裝其實無足輕重，毫無必要性。

曾經有一位台灣學生來到英國念大學，他念的大學也是一所不錯的大學，但是若有人問起他在那一所大學就讀時，他總要說自己是劍橋大學的學生。

也有人僅是與某名人有過一面之緣，便要聲稱自己是此人的好朋友，好像因為認識某人便可提高自己的身份及地位。

不知是愛慕虛榮還是欠缺對於自己家鄉的自信心，有一位女子，分明就是台灣出生台灣長大的孩子，但是她偏偏要假造童年故事，說她從小在歐洲日本等地度過童年歲月。她甘願抹煞自己的台灣童年硬要換上歐洲日本的異國版本，難以猜透為何要多此一舉，為何要冒著說謊言的風險，損傷自己人格的致命傷，卻是做一件無意義的偽裝。

或許偽裝是人類不可避免的天性，看看自然界的大舞台就會理解。只是比起其他生物的偽裝，人類的目光未免過於短淺，人類偽裝的理由大都薄弱可笑，不像其他動物那樣正當當。

晚上七點到九點

作研究的人大概都有一些類似之處：他們心中存有疑問，有一些想法，他們想找出答案，期待作改變，也盼望這個世界因為這場研究發現而更加美好。研究者的心中應該都有一個夢想，一個等待被實現的夢。這是屬於健康正面的研究方向，當然也有一些研究的背後隱藏利益與私心。

我佩服有些研究主題，他們將抽象的價值觀念以具體數據表達。比如，有一則研究報告說，一個星期當中，全家人一起用餐九次以上的家庭，家中青少年孩子比較不會變壞。這樣的研究發現是否引人深思？為什麼是九餐飯？這個數字一定是經過一些理論與實驗達成的共識。一個簡單的數字，提供家中有青少年的家長們一道清楚明白的指引亮光，何嘗不是一種幫助。但是前提應該是父母親擁有正確價值觀。

我認識一位成長於家暴環境的女士，她從小飽受單親父親的身心凌虐，但是她後來並沒有變壞，沒有變壞的原因是因為她痛恨父親，與他保持距離，當然也不可能跟他共餐一週九頓飯了。在這種情況下，九餐飯的理論顯然不成立。

又曾經看過一份研究報告說，晚上七點到九點你在做甚麼就是代表你的成就在哪裡。顯然，研究者認為七點到九點應該是休閒時間。在休閒時間你還會想做的事情，必定是你所看重的事。所以這些事就像一面鏡子般，映照出你的興趣，責任或者無奈。無奈是因為有很多人可能是迫不得已必需做這些事情。但是無論如何，你既然花額外時間從事這事，必然也會從當中看到成果。

最近有一份英國劍橋大學的學者以二萬人次做的抽樣研究成果出爐，報告中說擁有富裕童年的孩童，未來生活快樂的機率比較高。這樣的研究發現引來一場爭議。BBC電視新聞報導中邀請這名研究人員以及一位出身貧窮卻事業有成的企業家對談，企業家強調他的童年中，物質雖缺乏，歡樂並未缺少。對話當中，一來一往，兩人找不到交集，無法認同彼此的觀點。

這樣看來，要靠著研究報告來改變世界的路途還是很曲折。然而，大部分的研究報告只是高學歷或者某種資格的通行證罷了。當研究者這樣想的時候，路就變回直的了。

馬戲團的猴子

很多人對於馬戲團的印象，可能與猴子耍把戲畫上等號。多年以前，很多國家已經全面禁止動物在馬戲團表演。基於人道精神，大家共同譴責這種強行鞭打訓練動物，用以取悅人類的娛樂。又因皮鞭抽打常導致動物不堪虐待而發瘋，甚至憤怒失控撞擊鐵籠自殺。於是動物衝破牢籠傷及人命的消息時有所聞。這般殘酷又危險的虐待動物，於法於情都無法見容於現代文明社會。因此馬戲團所有的表演項目，從人們良心發現又願意改善的那刻開始，就完全交由人類親自演出了。

英國人大都喜愛動物。特別是馬，女孩子從小學習騎馬是很平常的休閒活動，風和日麗的假日裡，不管是寧靜的鄉間綠徑或汽車往來疾駛的大馬路邊，常會看到媽媽和女兒各自騎著大小馬匹，她們腰挺直小心翼翼握住馬鞍，馬兒昂首闊步。我們在車內聽到馬匹輕快的蹄噠蹄噠聲音，並看著車內的人與騎馬的人，彼此釋放禮讓打招呼的和諧手勢，深深覺得這是一幅象徵人間美好的畫面。

在英國，街坊間盛行賭馬或看賽馬，此地失業率頻頻創新高，但是關於賭的興致似乎也節節在升高。彷彿賽馬場中的歡呼競賽，可以補足現實生活中的難處與空虛。而有錢有閒的皇家貴族也喜歡穿著白淨淨的服裝展現英姿打馬球，據說這是當年黛安娜王妃和查爾斯王子的爭執之一，美麗高雅的王妃不喜歡看馬球，風度翩翩的王子又特別喜歡打馬球，二人無法妥協，琴瑟難以和鳴。總之，馬兒在英國社會佔有一席之地，這是不容否認的事實。

最近正值賽馬季節。今日新聞報導指出，英國某處的賽馬場，一天之內有二匹馬兒意外受傷倒下，對於這樣的馬匹，只能立即射擊要害讓它們迅速死去。新聞播報之際，我們家客廳裡出現了以下的對話：

「為什麼要如此殘忍呢？」

「因為馬兒腳殘了，無法繼續參賽。」

「雖然不能參賽，但是可以當寵物養啊！」

「成本過高啊！馬兒受傷後醫治的費用昂貴，這樣的大筆開銷，誰願意負擔呢？」說的也是，對於支付這樣的花費，還不如另外養一匹健康的馬，不僅費用不如照顧受傷的馬兒昂貴，未來又有參賽奪得巨額獎金的機會。

「為何不送給別人收養呢？」有人還是憤憤不平。

「養馬的成本高，又是一匹受傷的馬，送給誰呢?誰會要呢？」

大家雖然心裡不悅，但是無話可說。這些訓練有素的馬匹，一旦失去原有的競爭力或說是生產價值，竟然只有死路一條，讓人不得不為它們叫屈喊冤。

馬戲團的猴子，有人關注到它們的社會福利，從此不人道的被對待得以終止。比起猴子，馬的公平正義之路比較坎坷，雖然馬兒走起路來總是神采煥發，不像猴子過於頑皮精明，欠缺紳士氣質。主要是因為愛馬的觀眾都是有錢有勢的人家；比如，受眾人愛戴的英國女皇，就是一位忠實的馬賽觀眾。

馬因為擁有較多上流社會的關注，自然也要付出相對的代價。這其實也是人類生活習性以及社會現實面相的縮影。

希薇亞

優雅的老希薇亞每次見面都邀請我們去她家喝茶，我們每一次都跟她說：「謝謝！改天一定去。」「我不是隨便說說而已喔！我是真的很希望你們來。」她每次都是加上這一句話，讓人感受到她的真誠心意。

跟希薇亞比較熟悉是因為在教會擔任送花的義工。她從前負責送花人員的調配，老人家不擅於電腦打字，每次給我的輪值表上有她清麗工整的字跡。因為年紀漸長，目前希薇亞已經退出這個工作團隊。

這個周日再度看到希薇亞，她手拄拐杖，舉步顯露艱難狀，看到我親吻面頰問候，也是同樣熱切的喝茶邀約。問候近況時，終於得知好消息，她的女兒，因為長期生病無法工作的女兒，健康狀況有了大進展，現已回到工作崗位。我由衷感到高興，此事曾經是她老人家，很多年來的心理重擔。

雖然認識希薇亞多年，但是我們其實很少坐下來長談。僅有一次，那是好幾年前的一個星期一早上，她來按門鈴送花。我一開門，看見讓老人家送花過來，多麼過意不去啊！

立刻驚訝的問她：「為何是我？」她的回答也是很有技巧：「為何不是你？」

我因為擔任送花義工，我知道這花束總是送給有需要的人，譬如：生日、結婚紀念日、生病或悲傷的人，當然有時也帶有感謝的意味。當時的我，對於以上的條件都不適用。也許是後者，但是不確定。

那一天早上的談話，是我們第一次有機會坐下來促膝長談。雖然已經事隔多年，談話內容仍然印象深刻。我們首先聊及家人，希薇亞寡居多年，有兩個兒子一個女兒，女兒原本在學校教書。但是因為生病，是一種關於血液方面的棘手疾病，目前並無有效的治療，因而停掉工作。說到這裡，希薇亞眉頭深鎖，顯得很憂慮。當時，我真希望將這束花轉送給她，安慰她。

我想還是轉換話題吧。那時候，我們家裡剛好有一隻新生小狗，我於是有技巧地將話題轉到寵物。寵物總是讓人歡樂，不是嗎？

「希薇亞，請問您家中是否也有寵物？」我問。

言談舉止一向極其優雅的她，此時此刻細細回想，慢條斯理的訴說她的寵物歷史。她說，她們家裡曾經養過三條狗。首先提到第一條狗，有一次，她們全家到南部海岸一處觀光勝地度假，他們沿著美麗的海岸線散步時，這狗竟然直直奔下懸崖。第二天，找到狗屍體，傷心掩埋他。（我聽了，驚訝不已。）

第二條狗，他走失不見，遍尋不著。但是，有一天在街頭遇到他，他們全家人都辨識了他。但是看到這狗似乎與現任主人互動良好，他們也就沒有去指認他，彼此擦身而過。（我聽了，心中一片荒涼。）

第三條狗，這狗兒不知怎麼回事，有一陣子開始四處衝撞，頭破血流，誰也控制不了他。後來讓獸醫結束生命。（我聽了，心裡非常哀傷。）

我萬萬沒有想到，原本只是想要找個輕鬆話題聊聊，結果竟然是這樣的悲涼難過。一時之間，不知道該說些甚麼。因而對於那次的談話印象深刻。

年華似水

水透明無色。畫水彩畫時，色彩因為水的加入而變化無窮。色調透過水的滲灘，緩緩蔓延渲染，如同記憶之擴散，時而清晰又有時飄渺朦朧。水無味道，但是烹飪時，因水的投入而香氣四溢，清淨之水讓氣味飄送蕩漾於四方，這是水的特效。

再者水還有一種還原的魔力，比如乾燥如枯葉的海帶，與水相遇浸潤其中，再經過時間的緩衝，原本形同委靡之枯物，憑藉水之療癒，生命力頓時復甦，彷彿回歸到大海一般。這時候，水是一位魔術師。

水有時令人厭煩，比如陰雨綿延的下雨天。水甚至令人恐懼，因颱風豪雨而引發的土石流，總是暗藏驚人殺傷力。這平時讓人忽視有時又令人畏懼的水，卻是生活裡不可缺少之物。以致於有許多關於水的形容與哲思湧現於文句當中，比如流水無情或柔情似水。

陽光、空氣、水是為生命三大要素，也是大自然的禮物，居家生活中只有用水部份需要付費。在英國居住多年，每次收到水單時，從來不曾細讀帳單內容，直到有一天心血來潮，我仔細的看了一遍，發現水費內容，一半費用是水費也就是淨水的供應費用，另外一半是汙水處理費。對於這個新發現，讓我深思良久。

正如人體系統裡，水是生命的泉源，然而汙水排除同等重要。造物者贈予生命，若要維持生命健康，就必須持續不斷的更新與排除雜質，才能呈現完整的生命品質。所以吸取養分與排除雜物二者同樣重要，所付之代價亦相同，如同水單。我們享受生命的贈與時，容易忽視心靈的學習與反省，然而這卻是排除生命雜質的方法之一。

在年華似水的流逝多年之後，它無意間藉著一張水費帳單傳遞給我一些訊息。

蘇珊的眼睛

蘇珊剛從學校退休，她從前是一位校長。

蘇珊給人的感覺總是熱情洋溢，稍微瘦弱的身材，打扮得很有時尚味道。與人見面，蘇珊常常笑臉迎人，她的眼睛裡總是散發燦然喜悅的亮光，讓人感染了她的活潑氣質。雖然已屆退休之年齡，我見過蘇珊跳舞的樣子，真是奔放有勁！總之，大家都喜歡蘇珊。

有一天蘇珊哭喪著臉，告訴大家一個令她沮喪的消息。她的弟弟，也是一位小學校長，被指控性騷擾學生，官司纏訟中。她堅信是誤會，但後來判刑有罪，上訴之後也是相同的結果，她十分氣憤，大嘆公理正義何在！

在英國的中小學，關於老師對待學生的行為規範甚為嚴謹。師生之間若有任何肢體的碰觸，皆屬觸法行為。所以對於生性熱情，習慣給予他人溫暖擁抱的老師，就要特別小心。據說蘇珊的弟弟，正是因為過於友善的舉止而被學生家長誤會，集合控訴他。

姐弟情深，那段時間裡，蘇珊的笑容不見了，她嘴角緊閉下垂，眉頭深鎖，眼睛裡裝滿絕望與憂傷。她從前那對活潑快樂的眼珠子，突然失去色彩與光芒，她眼睛裡所望見的世界一下子全部變成灰色。後來有一陣子，蘇珊突然失蹤，好久不見。

隔了許久，終於又看到蘇珊了，她已然恢復從前的神采奕奕以及溫暖氣質。問起她弟弟的情形時，她說，官司仍在上訴中，令她深深覺得惋惜的是，她的弟弟，一位熱愛教育的工作者，因而無法回到學校教書，何等遺憾。蘇珊說這些話時，她的眼睛裡已經不再攜帶昔日的憤怒與悲傷。她又說，他們仍在努力中，期待正義有彰顯的那一天。說這話時，蘇珊的眼神閃現一抹希望的亮光。

我覺得這段時間裡，蘇珊似乎已經學會了一個重要的功課。而我從蘇珊明亮的眼睛裡，好像看見了我自己。

每一個人的生命裡，不也是如此？總有接二連三的考驗，好像學校的臨時考試，就看平時是否做好準備。

健身房雜記

鍛鍊

速度、時間、距離——在我固有的概念裡，他們彼此相對應。速度越快，跑的距離越遠，全部在時間這個容器裡進行。

但是，這理論無法適用於健身房。在健身房裡，距離無作用。你的速度增加，你卻仍然位在原處，你的時間逐漸消失，但是你行過的距離不變。距離在此停頓無效。

如果，距離等於看得見的成果，距離好比可以丈量的成就，那我們的生活裡是不是也有這樣的情形：你花費時間，使盡氣力，但是仍然立在原地，徒增氣餒與嘆息或者抱怨與責備。

然而，就像是在健身房一樣，你雖然站在原點，但是你其實正在累積實力與體力。表面看起來雖無進展，但是當你經過足夠的鍛鍊後，你的能量累積完全，自然而然可以面對未來的各式挑戰。所以，不論結果如何，享受過程最重要。

這是我今天在健身房裡想到的理論。

眼睛的方向

做復健運動時，全身皆忙碌。鍛鍊身體的同時，除耳邊熱鬧音樂不絕於耳外，眼睛通常緊盯前面的大型電視螢幕，上面放映的不外乎就是一些熱歌與熱舞。她們的衣服常常穿很少，或者不怎麼整齊的穿戴。如今，應該穿在裡面的衣服，全部穿在外面了。

然後，他們一定極盡挑逗之能事，從眼睛、從嘴唇、從腰、從臀、從胸部、從手到腳、從高跟鞋到口紅、所有的聲音、所有的動作、所有的一切、就是要帶到一個結論：性感。好像如果沒有這樣，這音樂就沒有人要聽，沒人要看，沒人會買了。所以在復健的時刻，我就看著這些平日少見的節目在眼前一幕一幕的更換。

有時，也不是很想被迫看這電視螢幕。我想，就看看左邊吧。那是一面大鏡子，清楚映照著邁入中年，身材已然不再纖細的我。啊！歲月不饒人，趕緊看看別處。

那就轉頭看向右方吧，那是入口處的接待櫃台。今天值班的是路克和傑克，兩位年輕人今天表情都很嚴肅，彼此沒有交談，好像鬧著意氣。資深的路克好像生氣傑克，路克專心看著電腦螢幕處理事務，傑克則坐在旁邊猛打哈欠。傑克的臉頰有些泛紅，現在是星期一早上，不知道是不是因為昨晚宿醉留下來的痕跡？還是因為做錯事情被責罵的羞赧表情？總之傑克精神狀態不佳是事實，現在的年輕人很多沉迷網路熬夜不睡覺，如此一來必會影響隔日的工作精神。現在上班族的誘惑比以前更多了。而現在的老闆，需要約束員工的範圍也多了一些；網路造就現代社會，破壞傳統作息。

我在跑步機上，想著想著，有些傷腦筋。看著右方的路克還是生氣，看著左方鏡中的自己，啊！年華逝去。還是轉頭面向正前方的電視螢幕，繼續觀看這些扭腰擺臀的性感歌手，藉著她們吵吵嚷嚷的歌聲，暫時忘掉一些事情吧。

種子的形式

健身房裡出現一位女士，她的身軀巨大，上下這些健身器材時，動作艱難緩慢，有些位於低處的器材，使用完畢時，她索性用滾的下來。因身材圓胖又肥，在範圍較小的運動器材上面移動身體真是不容易。她全身每一部位都龐大，所幸雙腳也是寬厚穩重，尚有足夠的支撐點立於地面。我看著她緩緩步行離去的背影，看見她減重的道路任重而道遠。我在心裡祝福她。

忍不住想像究竟是怎樣的種子，形成這樣龐然身軀？每一個人呢，是否曾經不經意地播下種子，暗中豢養另一種形式的龐然大物呢？

六分鐘

一小時的復健課程中，最難熬的總是最後的這一個項目——跑步機六分鐘。這時運動已近尾聲，面臨體力耗盡的階段，也是心防最容易被突破的邊緣。常常想著，我快不行了，這個項目省略算了。但是又另一種聲音告訴自己，一定要堅持，因為自從參加這課程以來，每次都是圓滿完成任務，真不甘心半途而廢。「短短的六分鐘，約三首歌曲的時間，一定要忍耐。」我這樣告訴我自己。

今天在健身房，也是一樣的痛苦情形。我在跑步機上，盡量不去看時間。雖然只有六分鐘，但是度分如年啊！我於是東瞧瞧西看看，突然注意到左邊的這位男士，我一進來時就看到他在這裡，於是瞄了一下他的計時表，哇，五十三分鐘！他已經跑了接近一個小時了。我只是六分鐘而已，真慚愧。算了，不跟男士比較。於是產生了好奇心，再看看右邊這位小姐的時間，她已經跑了三十四分鐘，而且她在跑步機上，邊跑步邊閱讀電子書，一副長期抗戰的架式。我的六分鐘，令人羞愧啊！我是不是應該更加油了？也許應該增加時間才對。我想。

想東想西時，啊！六分鐘終於到了。我迫不及待地趕快下來。

Workout Then Walk Out Taller

健身房裡，左邊的牆壁上貼著一個廣告字條：「Workout then walk out taller.」健身之後，高人一等。

在這裡，偶會遇到一位年輕苗條的小姐，她的身材健美，一點贅肉也沒有。而她的運動項目，也是屬於激烈型的。每次運動結束時，她總是滿身大汗，抬頭挺胸的走出去。我想這句廣告台詞，最適合她了。

我不奢求高人一等，我只想健康一點。因此「Workout then walk out healthier.」健身之後，健康一點，比較適合我。

健身房的表情

每一種場合，是否都有屬於該場合的標準表情？

初次去健身房時尚且不熟此地的文化，發現所有正在運動的人，都是目不斜視專心運動，於是直覺認為，這裡的氣氛並不友善。

「我想跟他們打招呼，都沒有機會。」我跟女兒說。

「先主動問候啊。」女兒說。

「完全沒有機會，每個人都目不斜視專心運動。但是，我也並不想要跟人聊天，我只是想至少大家互相點頭微笑一下吧。」

以上是幾個月以前的對話。

自此以後，每次到健身房都會遇到一位男士，我猜想他可能是這大學裡的職員，他總是在中午休息時間來運動。我的運動項目需要輪流使用各樣設備，但是這位男士，他只有專心訓練舉重。我有幾個項目剛好在舉重區附近，一開始大家各做各的運動，互不相干。但是，有一日他跟我打招呼，然後長篇述說他舉重的難度如何又如何的，我忙著運動並點頭微笑一下。突然覺得在健身房裡，還是安靜地專心運動比較好。從此以後，我也學會目不斜視，而且深深覺得這樣的表情是最適合健身房了。

難怪我女兒的同學，聽說我在健身房裡態度友善想跟人打招呼時，連續說：「No! No! No!」然後又說，你一定要跟你媽媽說，在健身房裡，唯一要說的一句話就是：「Have you finished?」其餘免談。

露西和傑克

露西和傑克，他們是這所大學健身房裡的二位全時間員工，另有幾位工讀生配搭輪流值班。露西和傑克都是該大學的畢業生，同樣是大學運動科系畢業，然後繼續留下來攻讀研究所，二人皆完成碩士學位。他們的工作內容，大致上就是規劃顧客的健身課程，定期檢驗運動成果，指導器材的使用，登記來訪運動人員，管理健身房設備，以及在交接或者下班之前，將所有的器材擦拭一遍。

前面的工作項目，涉及與客戶接觸，二人皆表現專業而且和善有禮。唯獨最後的一個項目，就是下班之前，將所有設備抹擦一遍的工作，露西和傑克二人帶著不同的態度進行。

露西提著水桶拿著抹布時，總是帶著輕快愉悅的神情。她個子雖然嬌小，身材卻是結實，走路時腳步呈外八字的形狀。她走到健身器材前面，蹲下身來使勁的用力擦拭，她認真仔細的將每一項設備來回擦洗好幾遍。

雖然是做同樣的一件事情，傑克則是一副莫可奈何的表情。他提著同樣的桶子與抹布，懶洋洋的步伐，選擇性的挑選幾樣比較熱門的器材，他站在前面，草草擦過一遍。

未來的升遷機會，屬於誰的？可能是露西，因為她很認真又樂在工作。但也很有可能是傑克，因為他並不太喜歡現在的工作內容，所以就發憤圖強，尋找升遷機會。

我踩在跑步機上，看著想著，每個人正以不同的方式與心態，走這條人生大道。而人生道路峰迴路轉，充滿未知數！

改名字

約翰遷移倫敦後，改名喚做湯姆。老朋友都說，去倫敦探望約翰時真不習慣，因為大家都叫約翰為湯姆，只有他們叫湯姆為約翰，但是若要老朋友改口叫他湯姆也不習慣。

約翰遭逢婚變，索性把工作辭去，急急忙忙的找新工作，而他也很幸運地在倫敦找到一份新工作。於是約翰迅速離開此地以及舊有的生活圈子。而且他連名字也乾脆改掉，想要重頭開始新生活的決心，顯然十分堅決。

約翰最近寫了一封電子郵件給我，是一封關於祝福生日快樂的短信，信的末尾署上新名字湯姆。我回函致謝時，猶豫了一會兒，該稱呼他約翰還是湯姆呢？要我改口稱他湯姆我還不習慣，所以還是以 Dear Johh 作為信件開端。

名字是一個人的代名詞。名字揹負他人對於這個人的記憶，若有人想要跟自己的過去揮手永別，第一件事就是改掉名字。我的朋友夏洛特也是婚變之後改名叫雪莉，只是五年之後，不知何故又改回夏洛特了。

據說有一位嬌媚又善於利用身體本能的女人，她以原始資本處處欺騙男人獲取利潤。每一場騙局結束時，就變換新的名字，於是她帶著新名字一再重演舊故事。因為無人知曉她的過去，而她的演技也越來越純熟，新名字於她是一面盾牌掩護她。當然這是極少數關於改名字的邪惡例子。

改名字是大事一樁。我相信大部分改名字的人，都是帶著一種決心，也就是想要突破舊我迎接「新」生活的正面思惟。

我一向喜歡「新」這個字。我試著帶著迎「新」的心情，迎接每一個新的早晨。雖然我對於自己的過去，也非完全滿意。回首過往，一路跌跌撞撞的學習與成長，滿身是傷痕。也許還撞傷了別人，有些傷口早已癒合，有些仍然瘀青發腫，有些裹著繃帶，一旦碰觸還是疼痛，但是我從來沒有想過改掉名字。因為我珍惜過去所經歷的一切，是這些來時路造就了現今的這一個我。

我相信帶著舊名字還是可以過著新生活。就像有些人雖然帶著新名字，卻是過舊生活一樣。名字好像不是最重要的一件事情。名字無法改變一個人，但是一個人的生活態度以及處事方式，卻可以因為從內心的重新再出發而改變。總之，我祝福所有想要突破舊我，迎接新生活的人。只要心的位置正確，不管帶著怎樣的代名詞，總會走出新的人生大道。

女店員

豆腐、麵條、香菇、醬油這類在家鄉隨手可得之家常食物，在異鄉便是化解鄉愁的魔術師了。我居住的英國小鎮附近有家商店，他們販售這些屬於故鄉的食物。每隔一段時間，我思及故鄉味道而前往消費。

這家商店門口，有一塊不算大的停車位置，大約僅夠停妥三或四部車子。但是大部份時候，這個原本可以提供客人停車的空間，早被店家自己的大貨車佔據，若非正在卸貨就是堆積滿地等待搬入倉庫的貨，剩餘的停車空間，大概只能勉強容下一或二部車。

這家店裡有位勤快的英國女店員，當她看見客戶的車子駛進來，而現場情況又比較複雜甚至瀕臨打結時，她便會走出來協助指揮客人停車。女店員總是穿著一件黃色防水風衣，因為她的工作性質，裡外需要兼顧，而此地天氣變化無常，穿著這樣的風衣進出似乎比較安心。

這位女店員，她的名字叫 Debby。第一次聽到她口中說出這名字時，潛意識裡就覺得這個名字好適合她。她身材適中，身手矯健，勤快熱情，皮膚稍微黝黑。總之，看起來就是屬於名叫 Debby 的人。Debby 有一個優點，她喜歡與客人親切閒聊，而且她還有一個更大的優點是，彷彿任何話題都與她有所相關。比如說，初次見面的人，她會問，幾個小孩啊，小孩幾歲之類的話題。有一天，聊到我的大女兒明年即將念大學之事，她說：「念建築系啊，我大哥是建築師，他在澳洲墨爾本……。」

又有一次，說到我正在養小狗，她於是開始一堆養狗的經驗談。她說她最近也剛好養一隻小狗，因為她的姑媽住在伯明罕，是一位馴狗師，傳授她許多祕訣。而她也大方樂意相授。於是她很熱心的唱作俱佳，恩威並重的逐一介紹，又加上生動的模仿動作，儼然就是一位訓練幼犬的專家樣。

有一天，再次踏入這家商店。一陣寒暄之後，我繼續選購食物。這時聽到 Debby 與同事的對話。

「我的頑皮小狗一共吃掉我六十英鎊了。」Debby 放在家裡桌上的鈔票竟然被小狗吃掉。她說上一次吃掉二十英鎊，昨天又吃掉四十英鎊。她的同事說：

「妳應該讓獸醫剖腹把錢取出來啊。」

「不行啦，那樣的費用不只六十英鎊呢。」Debby 說。

我在心裡想，她的姑媽難道沒有教她要把錢鈔放好來。

瑪莎的故事

最近想起瑪莎，瑪莎回到美國已經好多年了。

瑪莎出生於猶他州，一個宗教氣息濃厚的村莊。據她自己形容說：「寧靜的家鄉吹送的風啊！也是嗅得到一股神聖的味道。」哇！好抽象的氣味。

年輕時候的瑪莎並不喜歡這種宗教氣氛，甚至排斥。或許我應該更誠實的表達出來，其實，瑪莎她是非常非常痛恨這種宗教味道。她說，這種肅穆氛圍過於沉重，讓她感到呼吸困難。她想，總有一天她要離開家鄉遠遠的，越遠越好。於是遠離家園，是瑪莎從小孕孵的想法，或說是夢想。

當她認識這位來自台灣的青年大衛時，她便是無可救藥地愛上他了。高大帥氣的大衛不僅外表吸引人，學識與涵養更是令情竇才要開啟的年輕瑪莎著迷不已。再者就是，大衛全身散發出來的一種自由風度，無人可以抵擋。身為無神論者，大衛相信人要活得自由自在最重要，而這也是令瑪莎最為欣賞的一種特質。

年輕的瑪莎認為，認識大衛是她美夢成真的時刻。她後來不顧父母的反對，執意跟著大衛飛到台灣。兩人結婚生子，共組家庭，養育一對兒女。瑪莎過著家庭主婦的生活，大衛馳騁商場，憑藉英俊外貌以及幽默口才，他總是引人注目無往不利。熱愛自由的大衛，婚後外遇不斷。這是瑪莎料想不到的結果，當初最吸引瑪莎的特質與優點，如今卻是婚姻致命傷。

於是，瑪莎耐心等著兒女長大成人之後，毅然離開台灣。她帶著當初急切離開故鄉的類似心情，快速離開這座令她心碎的島嶼。

回到故鄉的瑪莎，積極參與當地的宗教活動。她在寧靜的家園裡，重新找回內心的平靜與安慰。從前痛恨的宗教束縛，如今卻是她最寶貴的精神資產，而曾經最珍視的愛情，現在是她心中永遠的痛。

瑪莎的故事好像一面安靜的鏡子，折射許多讓人深思的亮光。

凡爾賽宮的樹葉

華麗堂皇的凡爾賽宮裡，逛著逛著，發現有一間角落的大廳，光線黑暗，冷冷清清，卻有一工作人員在門口看顧。所有的觀光客，全部聚焦於皇宮裡的金碧輝煌，完全無視於這個單調的展示空間。我滿心好奇走進去，只見空曠的室內，四面牆壁堆滿一格一格的鐵絲框架，裡面裝滿乾燥葉片，而且是同一種樹木的葉子，梧桐樹葉。

因為四周全是乾樹葉，室內散發一種淡然特殊的自然清香氣味，隱隱約約，時有時無，忽隱忽現。我走過去向這位守衛先生一探究竟，而他也恰巧會說英文，且個性又屬於熱誠友善，於是天南地北聊了起來。這是今年夏天凡爾賽宮的臨時展示，主題是關於樹木的藝術品。這間大廳從前是衛兵們的房間，然而此刻，這裡沒有衛兵們的喧囂，也沒有武器的碰觸雜音，更沒有緊張戰兢的氣氛，只有大自然的寧靜香氣。

這樣的展覽，沒有特別的美感，卻是一種奇想，一場技藝，也是一份卓絕的耐心，同時也是一場生命的展現。眼前望去，四面牆壁上排列整齊，一格一格的樹葉，是這位藝術家的獨特創意。踏出這個大廳之前，我再次深深深深的深呼吸。

每一件藝術創作成果，即是該藝術家的心思與生命。所有呈現以及沒有呈現出來的部分，都有一則傳奇，等待閱讀。

生命的馴服

前陣子大意跌倒，傷及右膝。經過療傷休養，最近參加英國全民健保局（NHS）舉辦的復健課程。上課地點為本地一所大學的室內體育館。

我攜帶一顆不確定的心去參加，對於自己的傷勢能否承受一小時密集的訓練，抱持懷疑。自從右腳受傷後，信心也瘀青了。於是雙腳踩踏出去的步履總是伴隨安全感失去的陰影一起出席。整個復健課程，不僅是針對身體的康復，其實也涵蓋心靈重建的深層意義。

第一天，當我跛腳走進健身房時，復健師關心詢問我：「為什麼要跛呢？會痛嗎？」一句簡單問話，我開始衡量踩下去的腳步。發現原來跛這個動作，其實多餘。受傷後，因信心不足，自然而然小心翼翼走路，因而衍生這種不正常的步伐，我擔心受傷的右腳，會耐不住每一次的使力與彎曲，也就刻意偏心保護她，於是所有踩下去的力道就由健康的左腳來承接。復健師的話，立即提醒我，邁開腳步勇敢向前走。

這是一個十幾個人的團體課程，首先在健身房騎腳踏車暖身十分鐘，復健師過來一一詢問每個人的最新狀況。有人說：

「現在比較好了，下星期要回醫院複診。」

「今天正常的右腳比較酸，不知為什麼？」

「我另外嚐試針灸，昨天是第一次，感覺還不錯。」

「經常拄拐杖讓我肩膀也開始痲痲了。」

復健師帶著關懷的眼神，溫柔的語氣，手持名單及原子筆，登錄每個人的最新進展，她篤定的眼睛與嘴角彷彿清楚掌握每個人的疼痛指數以及康復速度。

暖身之後大家魚貫進入體育館，館內早已放妥各式各樣針對腳傷復健的器材。十幾個人隨著音樂更換輪流使用，或躺、或站、或坐、或騎、或跑步。隨著音樂一首一首的更換，我們以順時針方向走去，去迎接這些器材鋼鐵般的鍛鍊。而背景音樂，當然就是那種像啦啦隊加油一樣，帶著歡呼吶喊的快速節奏。熱鬧喧騰的音樂，確實可以讓人分散關於流汗疼痛的注意力。

這些運動項目中，有站在半圓形球體上然後半蹲著，讓你在極其不穩定的狀態下，訓練受傷的腳去捕獲頑皮躲避的平衡感；也有單腳站在彈簧跳板上，以金雞獨立之姿將前面的物品挪過來挪過去，你要在很艱難的環境中讓受傷的腳獨立完成任務；或者背部靠著牆壁頂著一顆大球，半蹲姿勢站立，膝蓋再夾著一粒小球，以背部使力將大球推上推下，整個過程充滿高難度，有許多方面需要設想周到，所以總是汗流浹背的完成艱鉅任務；也有一腳站在不穩定的彈簧墊上，然後用另一隻腳挪動足球，多重難度橫擺在眼前，首先是單腳站立的艱辛，再者就是單腳掌握平衡感的不易，何況又是在彈簧墊子上那種讓你很容易傾斜的不穩定環境下，好不容易一切終於穩定後，你還需要用另一隻腳控制狡滑的想要溜走的足球。總之，每種復健運動的設計就是極盡所能的挑逗神經，強化肌肉，要喚回雙腳原有的正常功能與動作。

今天的復健課中，來了一位嬌滴滴的女士，她身軀稍屬肥胖，有一頭金色長髮，明亮的大眼睛散發楚楚動人的模樣，我猜她是一位平日慵懶不喜歡運動流汗的人。她的穿著不像我們穿著一般寬鬆適當的體育服裝，她是穿無袖背心搭配緊身長褲，就是時下最流行的那種像絲襪般的褲子，臀部曲線一覽無遺，在我們這個陽盛陰衰的團體中格外吸睛。她雙手拄著拐杖進來，臉上寫滿了很明顯的：「疼痛疼痛疼痛」。她很辛苦的走到每一種器材面前，彎著腰把枴杖放在一旁，又緩慢的挺起腰，小心翼翼的摸索這些器材，每種器材對她而言好像是考卷上一道又一道艱澀難解的數學題目，她似乎很氣餒又很想放棄掉。這個時候溫柔體貼又懂得給予打氣的復健師，立即走過去以行動扶持她又以言語鼓舞她。我聽到復健師跟她說到我的名字，大約是說我一開始也覺得很難很氣餒之類，然後就怎樣怎樣之類的話題，音樂聲太吵聽不清楚。事後復建師跟我說：「希望妳不會介意，我以妳為典範來鼓勵她激勵她。」此時此刻居然被引以為典範。我微笑回答：「當然不會介意啦，還要謝謝妳的誇獎呢。」健美的復健師頑皮的跟我眨眼睛。

課程結束之際，我跟這位新來的女士聊天，得知她受傷好一陣子了，這與我猜測的背道而馳。因為當我第一眼看見她如此疼痛艱苦的模樣不禁憶起自己剛剛受傷時的樣子，所以也誤以為她才剛受傷，十分同情她。心中還想著，她會不會太早來參加這課程了。這位嬌滴滴的女士，必定有許多外人難以理解的難處，而且在與疼痛搏鬥當中，她一定歷經多次潰敗與挫折，就像每一個人一樣。我由衷祝福她克服難關早日康復。

看似單純的復健運動，跟人生某些過程竟然類似，眼前的一切讓我想到「馴服」這二個字。人的一生總有一些疼痛，需要去克服與馴服。想一想自己的個性中有那些地方特別彎曲悖逆、桀敖不馴、堅硬頑劣？有沒有一個關卡每每想到就讓你升起一股難以下嚥、阻塞於胸？是否有某事件讓你感到苦澀艱辛、難堪心痛、欲哭無淚、同時讓你覺得無可奈何，而你也總是閃避不及，不願去想起？然而對於這些痛處，你若不去認識他們、面對他們、並且給予迎擊與疏導，這些疼痛似乎不會自行散去，反而會在暗中累積氣勢並趁機會襲捲過來。

經歷復健運動的流汗流淚與忍耐，身體逐漸強健。我常在想，如果針對頭腦和心靈也有各樣的刺激訓練與活動，讓每個人充份操練內在部分，勇敢面對艱辛挑戰與磨練，然後也是一番的流汗流淚與忍耐一直到馴服為止，這樣的人生應該就會更完整而無憾了。

行過艱難處

「Your goal is not to make writing effortless, but to make it look effortless.」（你的目標並非讓寫作輕而易舉，而是讓它看起來輕而易舉。）這是今日無意間閱讀的一句話。

「輕而易舉」是藝術品呈現的樣貌，也是一種境界。藝術之所以成為藝術，必是經過一條千轉百折的心境，但繁複經歷需要隱藏，藝術品只要輕鬆展現成果即可。不僅是針對寫作，這「輕而易舉」的理論，似乎可以應用在各類藝術的表現。

譬如，當你看到畫家現場揮筆作畫的神態，他們總是隨意一抹立刻造就生動雲彩，幾次筆畫輕易成就盎然風景，輕輕鬆鬆的呈現動人畫作。這時候，畫家就是到達「輕而易舉」的境界了。然而，「輕而易舉」的背後，必是一番千錘百鍊，得來並非容易。

舞者亦然。有一次在愛丁堡的國際藝術節，欣賞佛朗明哥舞蹈的現場表演，這位來自西班牙的女舞者從頭到腳鮮豔奪目的打扮，頭戴紅花臉上塗抹精緻濃妝，著緊身華麗長禮服配搭細跟高跟鞋。她身材略顯豐滿，曲線卻也玲瓏有緻，她迅速踩著精準舞步，雙手擊打節奏明快的拍子，配合吉他手技藝高超的彈奏，整場表演精采萬分。讓人不得不忍住呼吸屏息觀看，深怕一不小心的氣息，會擾亂他們分秒不差的精準節奏。這高難度的舞藝，卻讓他們「輕而易舉」的表現出來。表演結束時，贏得觀眾的掌聲如雷。

後來舞台上增加一位表演者，他抱著大豎琴走上台前。這座豎琴比他身高還要高大，他認真撥動琴弦，但是一有空閒，他就甩甩手，捏捏手指舒緩疼痛，他一副苦不堪言的樣子。這場表演中他像是一位受虐者，而台下的觀眾好像加害者似的。他彷彿忘記自己置身於眾目睽睽的舞台上，而他也還不懂得「輕而易舉」的必要。

「輕而易舉」是一段艱難之旅。我相信每一位作家的生花妙筆背後，必是多年不為人知曉的犁田與深耕。而洞察人心的最深層之處，或許正是傷疤與淚痕。從來藝術家辛苦的創作過程，只能藏在背後。

艱苦表情不宜公開，這或許就是藝術家的宿命。

最初的愛心

他是這裡的新員工，也許是工讀生，他看起來是第一天上班的樣子。員工們早上開門的第一件事情，就是整理門面，將每一個窗戶窗框擦拭乾淨。舊員工拿給這新員工一瓶「穩潔」，一大捲紙巾當作抹布，示範一次之後，新員工就開始慢條斯理的撕下一大截紙巾，噴上「穩潔」，緩慢仔細的擦抹窗戶和窗框。他的時間似乎很充裕，每一個動作都是慢動作，他邊擦邊看旁邊的人，當然也看我這邊。所以，好幾次就在他的視線將抵達我這邊時，我趕緊將視線移開，而他彷彿也注意到我在觀察他，好幾次差一點與他四目接觸。

「真沒效率啊！」我在心裡想著。

我喜歡觀察一些機構的員工上班態度與精神。其實新員工面對新環境時，青澀在所難免，一旦熟悉後，動作將會轉為熟練與迅速。如何在生澀的時候，耐心指導是一門學問。又如何在老練之後，仍保有最初的謹慎與真誠，是挑戰。

我想起北台灣醫院裡的二位小兒科醫生。

王醫生，一位著名的小兒科醫生，他遠近馳名。看診的人數，一天可以高達二百多人。我幫他算過，如果看診時間一共七小時的話，他大約二分鐘看一名幼童。因為朋友大力推薦，我們也帶女兒去看他的門診，後來發現他的看診景象蔚為奇觀，不可思議。他常常口裡念念有詞的說著：「藥三餐飯後吃，一周之後若沒改善再回來。」之類的話。有時他忘記三秒鐘以前已經說過這句話了，他會重複再說一遍或二遍，王醫生帶著厚厚的近視眼鏡，每天忙到人仰馬翻，連口齒都有些不清楚了。

雖然說流行性感冒盛行的季節，是小兒科最忙的時候，但是王醫生的門診，一年四季皆旺季。王醫生一開始應該也是一位仔細看診的醫生，只是後來太多的病患讓他失去最初的耐心。試想二分鐘看一位病人，如何建立優良品質呢？王醫生看診時，病人有如工廠裡生產線上的物件，快速輸送到王醫生的眼前：進來、看一眼、講二句話、出去。

王醫生的隔壁診間是陳醫生，一位年輕的小兒科醫生，他的看診經驗也許不如王醫生，但是因為他的病患不多，他願意花比較多的時間詢問病情，做仔細的檢查，我們後來選擇看陳醫生的門診。

這是一件陳年舊事。以陳醫生的專業以及看診態度，如今必定也是一位老練的小兒科醫生了。不知道他是否仍然保有最初的愛心？

模特兒

有一份報導指出，現在的年輕學生，他們未來的工作，有三分之一將從事現在並不存在的工作。乍聽之下，讓人訝異。然而深思之後將有所理解，這原是人生的必然。每一個世代皆如此，晨間的朝陽終將成為傍晚的夕陽，大自然早就說明這一切。那麼，當今學生們書寫作文題目「我的志願」時，寫法是否將有所不同，需要加上更多的想像力。

有一份針對英國小學女生做的志願調查，模特兒是最多人嚮往的職業。這道理淺顯易懂，模特兒個個身材苗條（沒有人會知道她們為此所付出的代價），她們總是嬌媚美麗（誰也不會想到有數位美容這種事），她們生活富裕（照片中的場景常常舒適豪華），她們的生活一定快樂悠哉（每個模特兒臉上常見歡樂與自信），她們工作輕鬆（只要穿著新衣或者不必穿衣服在鏡頭前擺姿勢就有收入），這種種因素讓人誤以為模特兒是最理想的工作。

剛從市中心回家的女兒告訴我：「媽媽，剛才走在路上，有一位男子告訴我，說我的外型很適合當模特兒，邀我去試鏡。還給我一張名片。」

「你相信這個人嗎？」我問她。

「我當然不相信他。」

「媽媽，如果您在我這個年紀，有人這樣告訴您，您會相信嗎？」

「欸，應該不會相信吧。」我的口氣有些遲疑。

「媽媽，誠實說喔，您到底相信不相信？」

「嗯，應該不會相信。」我的口氣還是遲疑，我的思緒開始追溯到年輕時代，像女兒這樣的年齡，當時想都沒想到這件事情。現在也是沒想過，所以才慢慢地專心想著。

「媽媽，我覺得您是屬於會相信的人耶。」

「為什麼？」我很好奇。

「因為覺得您很容易相信別人啊！有時候覺得您看起來笨笨的。」（女兒啊！你的媽媽是大智若愚。）

「對了，名片呢？」我問。

「被我揉掉，丟到路邊的垃圾桶了。」女兒說。

「喔！」我有些失望。

「您想打電話給他嗎？」女兒問。

「不是，不是打給他。我想打給警察局報案，我擔心會有其他人受騙。」

「喔！」女兒大悟。好像終於看出我的「大智若愚」。

目光的落點

近日閱讀一篇關於火的文章，作者提及對他的家鄉辛巴威（Zimbabwe）而言，火具有重要意義。燃燒之火堆是族人白天勞動後，夜晚休憩談天之處，許多的溝通以及重要議題，皆於火堆旁邊討論完成。燃燒中的熊熊烈火，彷彿具有衍生智慧的魔力。因此，一位老者的目光專注看著火苗做出關鍵性決定，是非洲小說或電影中常見的情節。

相對於非洲之火花，羅馬人的澡堂，也是重要決策的開端，一場驚天動地的行動，往往是在柔軟的池水中做出決定，一樁黑暗的陰謀，卻是始於一池透明之水。水之於羅馬人的精神價值，相對於火之於非洲人了。

韓國人在十四世紀以前使用中文字，當時的韓文僅是口述語言並無文字。據說，韓文的基本十個母音：「ㅏ」、「ㅑ」、「ㅓ」、「ㅕ」、「ㅜ」、「ㅠ」、「ㅗ」、「ㅛ」、「ㅡ」、「ㅣ」是因為世宗大王有一天看到景福宮的千秋殿，一格格的門櫺而突發奇想。將聲音的靈感及時捕捉，落實在窗櫺光影的晃動中，形成了今日的韓國字，過程耐人尋味。

除了人類故事之外，自然界的樹林裡，藍雀的眼睛也說著故事。一個春天黃昏，我遇見一隻藍雀，他忙碌的在新鮮綠葉初發的灰樹（ash tree）上，跳躍尋找食物。他從樹枝上端一路尋索到樹枝下端，再從這一株枝幹飛跳到另一株枝幹，他上上下下跳躍不停，尋找不停，永遠處於忙碌警覺觀望的姿態。

藍雀一會兒站立，一會兒攀爬，一會兒倒立懸掛於樹枝上，不管以何種姿勢，他的鳥喙總是迅速啄動尋尋覓覓。小小的鳥軀，飛繞整棵灰樹。然而忙碌許久，他有時空無所獲，只好跳到另外的一片樹林，重複動作。鳥類雖然擁有翅膀，得以展翅翱翔，然它們的目光似乎短淺，整天聚焦於食物，為捕食而勞碌不停。

目光總在尋找落點。對於非洲人而言，究竟是火的魔力，還是他們的胸中早就了然有所定見？只是黑暗中，眼光自然而然轉向熊熊烈火？對於羅馬人呢，究竟是水池造就陰謀，還是野心早就蠢蠢欲動？而韓國字，是不是韓國人原本就堆積著滿滿欲要抒寫的字碼，只是巧遇窗櫺光影罷了。眼睛與生具有尋找的能力，每個人都在尋找一個落點。就像心中的意念，需要找到一個落實之處。

對於非洲部落而言，沒有電的夜晚，火光正是明顯的目標。而羅馬人的野心找到澡堂為定奪之處，韓國人則在光影中尋找到文字的出路。而藍雀就在灰樹林裡尋找最基本的飽足。

目光的落點也是思想的出發點。有近有遠，可以遠如帝國征服全世界，或者近如鳥雀著眼於眼前小蟲。

星星月亮太陽

星光

這一位女老師，在康乃迪克州新鎮的校園槍擊案現場中，她緊緊的擁抱六名孩童，她以自己單薄的肉身抵擋子彈，保衛這些驚慌喊叫的孩子們。這位不知名的老師啊！妳死亡的姿勢，讓我流下眼淚，你的愛心和勇氣有如黑夜裡閃爍的星光。

這般勇氣和愛心有如星光閃爍，稀微珍貴又美麗。特別是在最黑最深的夜裡。

大難來時，考驗人們的卑微與高貴，見證生命的脆弱與莊嚴。——李黎《尋找紅氣球》

月光

夜晚，圓滿月色清晰分明，伴有幾抹雲朵漂浮其間，如詩如畫。難怪中外古今的文學作品裡，月光總被深刻描寫與歌頌，而眾多情懷也因月色而加倍浪漫。突然想起《琵琶行》裡的動人詩句：「別時茫茫江浸月」，以「浸」字描寫江中明月，獨具創意。

我的山居歲月裡，眼前雖無江河。然而，今晚我的心也沉浸於這輪明亮月光中，圓潤而飽滿。

陽光

今日的天空覆蓋陰霾，空氣潮濕低溫，嚴風逼人還發出怒吼的聲音。與昨日的陽光和煦以及無邊的藍天，完全不一樣，這變化僅是一夕之間而已。

我看著昨日陽光普照的一張照片，絲絲暖意竟也逐步鋪曬心田。不是嗎？我們總要囤積一些陽光與溫暖，所以在面對冰冷的空氣時，仍然能夠面帶微笑。

野生動物緣

蘇珊的好人緣，眾所皆知。但是她的好狗緣，我是養了小狗之後才知道。我家小狗好愛她，不僅我們家小狗喜歡她，左鄰右舍的貓兒狗兒都愛她，有些貓兒還固定去她家索食。

蘇珊家以前也養一條邊境牧羊犬名叫查理，查理十七歲時過世。查理的傳奇故事有許多，比如查理總是在清晨五點鐘左右，送牛奶的小貨車來的時候，跳上駕駛座旁邊的座位上，自行搭便車跟著小貨車來到小村莊的另外一邊去會見他的女朋友瑪莉。瑪莉也是一隻邊境牧羊犬，兩人（狗）見面玩耍之後，查理自行走路回家去。當蘇珊夫婦起床時，查理也已經回到家裡，所以他們並未察覺此事，直到有一日送牛奶的先生告訴他們。

後來，瑪莉的主人也來通知他們說，瑪莉懷孕了，父親就是查理。蘇珊因此帶著查理去結紮，免除後患。關於查理的趣事還有許多，但是因為今天的主題是蘇珊，所以我還是回到蘇珊這位慈愛老人家的動物緣。

認識蘇珊時，他們家裡已經沒有飼養貓狗。但是長久以來我始終感覺到有些奇怪，蘇珊家門口的入口處，隨時放著一個盤子，裡面存放麵包餅乾之類的食物。這盤食物，置放在低處，又無遮蓋，看起來不像給人類食用的樣子。有一天，我忍不住問起蘇珊，才得知原來蘇珊長期以來餵食野生動物，數十年來如一日。

目前餵食的有五隻狐狸以及五隻獾（badger）。他們夫婦二人，每天晚上天黑時，將食物拿出去，這時蘇珊的丈夫約翰會將今晚的菜單大聲念一次，如：「全麥麵包、餅乾、起司」。念完之後，動物們就一一出現了，而且規矩極佳，牠們將盤內食物吃完，再一一地走回家去。

這些野生動物家庭，想必已經將蘇珊家用餐定為代代相傳的習俗。而蘇珊夫婦每日看著這些動物固定前來用餐，內心也充滿無限的樂趣及滿足。

原來，所有的動物都愛蘇珊，是因為蘇珊好愛他們；難怪她那麼有野生動物緣。

我的聰明鄰居

黑鳥夫婦

從客廳窗戶看出去，左邊的常青樹籬笆裡，有一對黑鳥（black bird）夫婦在裡面構築愛巢。四月天，春暖花開的季節，看著母鳥含著粗細不一的乾草細枝，飛來飛去一種興建家園的喜悅，穿梭於天空中，流動於春日微風裡。

黑鳥是英國花園裡常見的鳥類，歌聲婉轉動人，令人愉悅。當它們完成築巢任務，稍作休息，安靜一陣之後，鳥爸爸鳥媽媽再次出現，他們依舊忙進忙出。只是此時嘴裡含啣的不再是枯草或乾枝，而是滿嘴的小蟲。這對父母親正在挑起養育家庭的重責大任，履行承先啟後的使命。

時逢五月，今天下午在花園裡，我巧遇鄰居鳥爸爸，他叼著滿嘴蚯蚓，趕著要進家門口餵養小寶貝。我想，這真是千載難逢的好機會，我想要拍一張他飛進家門的照片，但是我的行徑引發鳥爸爸的危機意識。他看到我這位和善的好鄰居，不打招呼也就罷了，卻是繞到別處，故意忤逆我意，不願直接飛跳進去家裡去。我只好拿著相機等候。但是他寧可含著食物在旁蹦蹦跳跳，也不願進入家門。不過，我還是拍攝到一張他心急樣子的照片。

一種屬於人類的心機與城府，油然升起：「我不相信他滿嘴食物還能飛到哪裡去？」我在心裡想著，猜想他應該很快就會再飛過來。所以就在一旁守候，沒想到我一不留意，鳥爸爸倏忽地就飛鑽進去窩巢裏面了。

我驚訝於鳥類智慧，啣著滿嘴食物的鳥爸鳥媽歸心似箭，心急的樣子全部寫在表情裡，任誰看了也知道，他們多麼焦急地想把滿嘴食物餵給飢餓的小寶貝。但是他們頗為冷靜，每次都是停在距離家門口一小段的地方，很警覺的觀望四周，確定安全無誤之後，才會快速飛進窩巢裡面。而且他們一餵好小寶貝之後，迅速安靜飛出來，讓自己家裡永遠保持安靜狀態。

它們飛出鳥巢後，會找一處高高的枝頭，高歌一曲。black bird 的音質優美動人，但是我聽著聽著，感覺他好像在跟我示威似的。看著它們的舉止行為，頗有聲東擊西的謀略，不知道這樣的智慧是跟誰學的？

看著整天飛進飛出，忙碌不停的鳥爸爸和鳥媽媽，心裡由衷佩服他們，不知道從他們明亮警覺的眼睛裡，怎麼看我這個鄰居？

小故事

black bird 夫婦合作無間，攜手勞苦撫育下一代。我經常遇到公鳥，感覺他覓食的效率較佳，帶食物回來的次數也比母鳥多許多。根據鳥類觀察家統計公鳥帶回家的食物比母鳥多出三倍之多，然而，這個數據背後有一個感人的故事。

當 black bird 夫妻築起愛巢，建立家庭時，母鳥開始日夜孵蛋，所以這三個星期，全靠公鳥外出補蟲，餵養母鳥。當小寶貝破殼而出時，母鳥才開始出來覓食，彼時公鳥的補食技術已然熟練。母鳥面對新任務，屬於初學者，速度難免較緩慢，餵養次數自然比較少。

第一次聽到鳥類相知相惜，分工合作的精神，不禁為之動容。這小故事是否也感動了您？

看見大自然

「人不能兩次走進同一條河流。」——希臘哲學家　赫拉克利特

我細細咀嚼這一句話。花開花落不也是這樣？人豈能看見同樣的風景？雖然春夏秋冬如常循環，然你的心境已然不同。好像河流，潺潺流向大海。

做果醬

親手做果醬之後，品嚐果醬的心情將會不同。首先，在超級市場裡買果醬時，你不會覺得果醬貴，反而會覺得價格合理，甚至真便宜。

如果這些莓果是成長於你的花園裡，你看著他們經過一整年的循環，才有一次收成時，你將會格外珍惜這一年一度的禮物。如果是你從花園裡親手採摘這些莓果，又一粒一粒從枝梗上褪下她們，仔細清洗。然後，又在炎熱天氣裡，一會兒大火，一會兒小火，慢

慢煎熬等待抵達果醬的火候（jelly point）時，將會體會到原來每一瓶果醬，都是經歷過這樣的等待與熬煉。

所以，當你享用任何一瓶果醬時，記得心懷感謝，慢慢品嚐。因為這一切，得之不易：是大地的賞賜，以及一些人的心力。

蜘蛛網

早晨，迎著清薄的晨曦，我走在花園裡。乍見玫瑰花棚旁邊，有一道直直的光芒閃亮，對著我眨眼似的，引我定睛注意它。那是蜘蛛網側面的角度，呈一條直線狀，迎向朝陽，閃閃爍爍。多美妙的一刻啊！晨曦來臨，而我又剛好站在這裡，於是得以欣賞這幅美妙的精織作品。

巧織工整的蜘蛛網絡，讓人為之讚嘆。所有的線條以等距離排列，難道它們以大地為直尺？而圓形弧度自然圓滿，莫非以星月為圓規？

這面輕薄之網，如此完整美好，想必是嶄新織就的新作品。然而，主人缺席。它的中心位置，是一處空洞。當蜘蛛完成這一面美好的網羅時，或許正好被路過的飛鳥發現，而成為早起之鳥的早餐。

美麗的晨曦裡，同時也訴說著大自然殘酷的一面。此刻的光芒，如劍一般的利銳無情。

夏天的森林

夏天的森林裡，強烈日曬的勢力範圍有限，他無法穿透這些高聳枝幹和榮華綠葉，強光只好趁虛而降，乘隙而入。於是進入到森林裡的陽光，就顯得不夠理直氣壯。在密林裡，太陽光費盡心思，尋找出路。於是造就了枝影葉光交錯，明暗有致的特殊景致。

森林裡的樹幹，因為光和影的晃動，影射出多變的花樣與圖狀，活潑生動。寂靜的綠色森林裡，真實與虛幻，彼此在對話。

森林裡，山徑彎曲，溫柔延伸朝向轉角的亮光之處。光線晦暗的林道上，轉彎的光景最為醒目，是步行中一處小小的目的地，眼前的短程目標。

夏天的森林裡，安靜無人。風，他不甘寂寞，一陣一陣起落時，故意抖落一些枯乾樹葉，發出沙沙沙的聲音。

夏天的森林，歡迎你來訪。

恩典

這是一棵不知名的紫花樹欉，花朵類似紫丁香，但其枝幹單薄，葉片也不似紫丁香樹葉，鮮綠而厚實。此時，花朵正值最美麗芬芳的嬌媚時期，部分早熟的花蕊已呈現褐黃枯萎，這是所有艷麗鮮花必定會有的色澤。這個階段，應該是花汁葉液最為甜美豐富之際。我站在盛開的紫色花朵當中，鼻息間嗅聞如蜂蜜之甜美芳香。

繁茂紫色的花樹，她宛如慈母，枝葉敞開，乳汁豐沛，愛心耐心兼備。艷陽下，群蝶聚集，共享豐盛饗宴。蝴蝶們忙碌飛舞，營造出一種極其歡樂熱鬧的氣氛。

傍晚，隨著強烈陽光褪去，彩色蝴蝶身影不在了。在這傍晚時分，天色微暗，微風吹起，我在這棵紫花樹旁徘徊。雖不見彩蝶，我卻看見了飛蛾們出現。這些飛蛾，顏色黯淡，拍翅急速，神色有些慌張。他們白日休息，夜晚出沒。她們也有屬於自己的美食套餐。

今天，我再次見識到大自然的豐盛與平等。就像慈愛的造物之主，有源源不絕的慈愛與恩典。日夜不停歇。

靈感

水果表面的一層淺淺粉霞，好像靈感一般的珍貴。靈感，不只是針對藝術工作者或者創作者，我想，不管身處在甚麼樣的位置都需要靈感。

治國從政需要靈感，經營事業需要靈感，老師教學需要靈感，醫師對待病患需要靈感，廚師烹飪需要靈感，學生學習需要靈感，園丁看顧花園需要靈感，水電人員需要靈感，木工工作者需要靈感，平日打掃家務也需要靈感。靈感，幫助我們在日常中看見新意。

靈感也是進步改善的源頭。凡事用心的人，總會有源源不絕的靈感。各行各業的每一個人，如果都有心存美善的靈感，我們的世界將會更美好。

我為懂得追尋靈感的人喝采。

葉與葉之間

雨後的清晨，小蝸牛遊移在葉與葉之間，葉面的細小紋路與脈絡宛如導航系統。當蝸牛爬行到葉的邊緣，也是路的盡頭時，它伸出觸角四處搜尋。它往前方摸索，往右方探試，再往左方延展，它四面八方努力尋找，直到找到一條出路。那是一種極盡最大可能性的伸展與摸索。我觀望許久，細看這小蝸牛細長柔軟的小身體，看它如何背負硬殼，努力的跨越在葉與葉之間。看它如何在看似困難的距離中做最大的努力。

今天清晨，我跟著小蝸牛去旅行。我看見它緩緩爬行，耐心的走出一條恩典的路數。

默劇

攝影中，常有驚喜。今天清晨，趁著空氣還是冷靜，風尚未吹起，花粉還沒開始囂張的時候，我走到花園裡，遇見了這一朵正要破殼而出的罌粟花。大自然的進行式，在此定格，而我親臨一場生之喜悅。這綻破的花萼如冠冕般的戴於花苞上，這難得的一刻，宛如新生嬰兒脫離母體相連的臍帶，正式成為獨立個體。

昨天晚上，她還是緊緊包裹在淺綠色的外衣裡面。夜晚微風裡，她悄悄掀開外衣，綻放豔麗花瓣。萬物沉睡中，唯有星星月亮見證了這神奇的慢動作，以整夜的耐心守候。

靜默的深夜裡，一場神蹟輕輕悄悄的呈現。而我們，習以為常的，不經意的就忽略了。

生命的樂章

罌粟花的花期最短暫，僅有兩天。艷麗深紅的罌粟花朵凋謝後，果實立刻蹦跳出來。帶著小小冠冕的罌粟花果，停留在枝桿上卻有數月之久。伴隨時光流逝，它們的色澤漸次染成深褐，膚色逐步乾涸也起了皺褶。大小不一的罌粟果子，高高低低做不規則形狀的排列，它們抬頭挺胸，英挺的矗立在大地之上，宛如樂器。它們好像打擊樂器，整日敲敲打打，演奏了屬於這一季的生命交響曲。

人與人之間

早秋的山色，青黃不接，綠葉走到了盡頭，就是這樣的風景。

下過雨的早晨，雨珠粒粒分明懸在草尖葉面花瓣上。往山裡行去的路程中，我望見了一片漂亮水珠，它們均勻點灑在大片葉面上，晶晶亮亮好獨特。等一下走回來時，我將要以鏡頭捕捉這畫面，我這樣告訴自己。

回程時，這片葉面上的雨珠已然消失。經過幾陣大風吹過之後，圓圓的雨珠形狀消散不見了，留下葉面上一灘淺淺的水漬。

我因而更加相信，所有的相遇都是一次又一次的難得與不易。就像人與人之間的相識與相知。

一朵小花

在英國，寒冷低溫的冬天裡，百花凋謝。當冬的腳步漸漸走遠時，雪花蓮是信差，她們捎來春天的好消息。

每次看到雪花蓮，就會想到大衛所說的一句話：「從顯微鏡下看見特寫的雪花蓮，美麗的讓人掉下眼淚來。」

這句話看似平常，如果這是從哭點極低的人（譬如我自己）說出來，也就算了。因為我輕易被感動，淚水有時像自來水。但是大衛不一樣，一位八十二歲的老人家，在半個世紀以前就涉足半導體的研究領域。他從前是一位工程師，身高一百八十公分，言行注重邏輯與理性。大衛凡事講求道理與分析，是一位達觀的老人家，一切生活上的難題與索結，似乎經過他的思考之後，就解開了。也許現實問題也還存在，但是大衛好像天生具有一種開釋的魔力，疑難困惑經過他的解析，重量頓時減輕許多。

常常，過於感性的話，大衛會聽不懂，需要一番解釋，他才勉為其難地接受。所以，當大衛說出關於雪花蓮的美讓他流淚時，這份震撼與深刻，可想而知。

小朵的雪花蓮，沒有鮮豔的色彩，只有幾片簡單的白色花瓣，她們經常被漠視。然而，藏在她內在的美麗卻是動人無比——美的連硬漢大衛都掉下眼淚了。

屋頂

氣象報告說，今天英國各地下雪的機會大。戶外氣溫極低，濕度醞釀得很足夠，空氣濕濕潤潤，好像可以擰出水汁似的。嚴風吹在皮膚上，有如細針掃射，讓人想要躲避。遠遠看著一陣一陣的強風吹越過屋頂，天空的飛鳥也快速飛著，它們急促拍翅歸心似箭，彷彿已經預知即將來訪的風雪天。

此刻的屋頂，是幸福的象徵。一片一片的瓦礫，好似傳遞耳語，悄悄訴說關於遮風擋雪的決心。屋頂讓人安心，給人溫暖。能在屋頂之下，躲避風雨好幸福，不是嗎？雖然，屋頂下，有時吵吵鬧鬧。

祝福大家，擁有堅固的屋頂，保有溫厚熱情的愛心，特別是在這樣的寒天裡。

知更鳥

今天的花園熱鬧非凡，陽光鋪曬大地。鳥語啾啾在耳際，有畫眉鳥、知更鳥、喜鵲和樹鴿，真是和諧無比的大自然交響樂曲，婉轉悅耳，清亮美妙。請原諒我的用語通俗且不足，我還在琢磨該以如何貼切字眼來形容這樣的天籟美聲。

我帶著照相機，在這些鳥群當中，想要捕捉美麗的知更鳥身影。卻發現知更鳥是最缺乏耐心的鳥類，他們總是在枝頭上亂蹦亂跳的，從來不肯乖乖停下來。我的焦距好不容易調好時，他們早就跳躍到另外一邊去，難以捉摸。他們的體形屬於嬌小，尋找不易，我必須依循著他們的歌聲找到他們的位置。後來，我決定收起相機，好好欣賞他們的歌聲。

何必一定要留住他們的影像呢？我告訴自己，就把這美好的歌聲留在心裡吧。

春天的窗外

今天無法專心，只怪春天的窗外風光太精彩。一開始是一隻藍山雀，他在枝葉逐漸飽滿的櫻花樹上跳躍覓食。他一會兒跳，一會兒飛，有時站在樹梢昂首高歌，有時倒立懸掛在樹梢，專心在樹幹上啄食。有時又蹦跳藏躲樹林間，他東張西望，警覺性很高。在綠色樹叢裡，身披藍綠黃白顏色羽毛的藍山雀，在強烈日光照射下，不容易被察覺。但是他的歌聲嘹亮清脆，頗有不甘寂寞的意味，總會吸引有心人的目光，而我也總是可以循著歌聲找到他。

接著是兩隻打情罵俏的樹鴿，他們公然談情說愛。一會兒在松樹上，然後又出雙入對的出現在屋頂上，翅膀聲音噼噼啪啪，無視於旁人的存在。然而，我也看到鄰居的貓雷翁出現了。前一陣子，他還是小貓的身材，現在已經長成大貓了。他有修長的身軀，敏捷的身手，總時處在伺機而動的狀態。他一旦發動攻擊，很少失誤。於是豐富的食量成長於壯碩的體態上，而足夠的營養也呈現在他光鮮的毛髮裡。這是一隻幸福又聰明的貓兒。

燦爛的陽光來了，鬱金香的花瓣瞬間透明如紙片，不禁沉浸於這虛幻之美麗。微風吹起，大片的花朵以及修長枝梗輕擺搖動，花影枝影相互輝映展現婀娜身段。我趕緊拿起相機，捕捉眼前這一刻。

今天無法專心，只怪春天的窗外風景太精彩了。

天地慈悲

春夏之際，從自然界的觀察中，察覺某種定律與恩典。譬如，小鳥總在清晨最忙碌。此時晨曦如薄紗，輕柔擁抱大地。晨間氣候溫和舒適，小鳥在屋頂樹枝草地上嘰嘰喳喳忙著覓食，熱熱鬧鬧。當日頭逐漸升起，大地升溫後，鳥兒從大地的舞台退下。艷陽高照，近中午時刻，輪到蝴蝶蜻蜓與蜜蜂紛紛飛現。它們在烈日下，神采奕奕，到處舞飛。隨著太陽往西方挪移，大地熱度漸行漸遠，蝴蝶蜻蜓蜜蜂看著太陽臉色，深諳進退的時間。她們退場之後，鳥兒再次登場，然後又在樹枝屋頂草地上熱鬧歌唱了。

關於大地的賞賜，他們輪流享用，各自有各自的作息時間表。假設他們全部在相同時段出現的話，那麼所有的蝴蝶蜜蜂與蜻蜓，恐怕全部都要成為鳥類的美食了，我猜想。

大自然的定律好奇妙，讓人看見了慈悲好心意。

大自然的回聲

閱讀當中，無可避免地看著窗外遠方的天空以及天邊的層層山脈。我將照相機置於桌上，處於隨手可取得的地位。因為如此，剛才幸運捕捉到兩隻海鳥比翼雙飛的和諧景致。

天空總是變化豐富。剛才陰天迷濛的風景宛如一幅潑墨山水畫，現在天色稍微開朗，原先濃郁的烏雲已經逐漸散去。黑雲被風輕輕撥開，淡藍色的天邊出現，還附帶幾筆白色和灰色的雲朵。從前農人看著天色判斷天候與節氣的能力，不知道在如今環境汙染嚴重，季節又失序的時代裡，這些道理是否還存在？

據說習於在高山峻嶺中生活的高山嚮導，也是善於觀察自然環境的高手。他們藉著觀看岩石沙礫的形狀與變化，飄雪或者風吹的方向以及速度，得以判斷天災的腳步。

大自然的語言真奇妙，沒有文法與字彙，不需動詞或形容詞，還是可以表達清楚，然後又迴響於天地之間那些聽得懂看得明白的人的內心裡。

蘋果家族

「一句話說得合宜，就如金蘋果掉在銀網子。」〈箴言二十五章〉

花園裡有幾棵蘋果樹，剛搬來這裡的時候，正值初夏。蘋果花開的季節裡，朋友從北英格蘭來訪，我們走在蘋果樹下，看著朵朵綻放的粉紅色蘋果花時，她好奇地問我：「這是哪一種蘋果？」

我對於蘋果的認識並不多，分類也很簡單僅有二種，青蘋果和紅蘋果。當時我的回答是：「可能是紅蘋果吧！」

後來得知全世界的蘋果種類數量高達七千五百種，因其品種、顏色、大小、味道、口感、形狀、天候、地區、溫度、各樣外在的環境加上內在改變，所有人為因素加上天然的混種，長時間下來終於衍生族繁不及備載的蘋果家族；而且繼續繁衍中。

關於蘋果，就像其他事物，認識越多，愈覺得自己不足。

馨香之氣

拍攝玫瑰花的享受之一是，置身於花香繚繞中，欣聞芬芳氣息。玫瑰花散發出來的花香，時而若有若無，又時而濃郁撲鼻，讓人著迷不已。關於花香，就像許多事情一樣，當你習以為常，也就成為自然不加以思索。但是若是加以深思，就會覺得很不可思議。今天我看著玫瑰花瓣，一片旋接一片，帶著韻律，宛如波浪起伏，蕩漾出一朵又一朵瑰麗之花朵。我想著，這迷人花香究竟從何而來呢？

冬天時，玫瑰花枝光禿禿的在風雪中哆嗦著。那時候，它們看似枯寂卻堅忍，花香是否就在這時醞釀著？接著春天時，它們逐發嫩芽，隨著天候漸暖，綠意逐漸環繞枝枒。這時香氣是否也在繁衍中？當花朵盛開，陽光出現時，這馨香之氣，就散發出來了。然而在陰雨天裡，一樣的花朵卻是聞之無味。

原來玫瑰花瓣需要陽光的觸摸，得以散發馨香之氣。我因此相信，每一個人都蘊含著馨香之氣，而每一個人的內心，都需要生命的陽光普照。

必看風景

八年了，沒有人知道他來自何處？又為何留在這裡？大家只知道他原來並不屬於這裡，他是一隻外來的鳥類。他總是孤單一隻駐足於這座樹林裡，大部分時候安安靜靜的孤踞於枝頭，偶爾清唱幾句鳥語，聲音粗曠接近狂野。他全身是亮麗的寶藍顏色，胸前一片鮮豔黃色，看似屬於亞熱帶的鳥種類。

而他居然能在氣候嚴寒的英國野地生存，不可思議啊！大家驚嘆著。有人定時餵養他，也有人為他築起可以迴避冬天暴風雪的窩巢。人與鳥類守望相助，如此一來，他已經在這裡度過八年歲月了。如今，這隻鮮豔的外來鳥，竟然成為許多健行者或者遛狗者，走進這座樹林裡的必看風景之一了。

孔雀蝴蝶 Peacock Butterfly

孔雀蝴蝶是一則傳奇。

孔雀蝴蝶的身體是一幅畫，也是一篇奮鬥史。當孔雀蝴蝶的翅膀展開時有如孔雀開屏般炫目耀眼，這應該是其名稱之來源。

我不確定台灣是否有孔雀蝴蝶，然而它們豔麗的身影，普遍存在於英國各地區。這是一種生命力很強，適應力頗佳的蝴蝶種類。據說目前除蘇格蘭北部鮮見蹤跡之外，它們的翩翩好風采幾乎飛遍全英國，而且數量繼續增加中。

相形於蝴蝶時期的美豔，孔雀蝴蝶的毛毛蟲時代，顯得平凡無奇。純黑色的蟲體，成團聚集於樹枝上，扭曲成一叢一叢讓人噁心的蟲堆，他們口裡不停歇地咬食葉片，看起來好忙碌。吃好像是他們生存的唯一意義，一直吃一直吃，直到時機成熟，毛毛蟲尋找一處適當位置，開始為自己編織一處洞穴即是蛹。又將自己包藏在裡面，於是一小束一小束的蛹懸掛在樹枝上，偽裝成樹枝的一部分，逃過敵人飢餓的眼睛。

這些看似平靜的蛹，裡面卻是暗潮洶湧，因為一場生命的奇蹟正在醞釀。一朵一朵美麗的孔雀蝴蝶，即將綻放誕生。看著孔雀蝴蝶破繭而出的情形，真的是如花朵綻開，令人驚豔。

孔雀蝴蝶有一對令人驚奇的大眼睛，這樣的一對巨大眼珠，幫助它們逃過許多災難，嚇走敵人。當它們展開雙翅時，鋪呈展現的艷麗衣裝是一種保護，然當它們合起翅膀時灰黑如一片枯木，也是另外一種掩護。孔雀蝴蝶的身體寫滿恩典。

若有人願意仔細觀看孔雀蝴蝶的一生，他將敬畏自然，尊重生命。

釀文學159　PG1155

走！我們去看風景

作　　者　張玉芸
責任編輯　黃大奎
圖文排版　陳彥廷
封面設計　陳佩蓉
攝　　影　張玉芸

出版策劃　釀出版
製作發行　秀威資訊科技股份有限公司
114 台北市內湖區瑞光路76巷65號1樓
電話：+886-2-2796-3638　傳真：+886-2-2796-1377
服務信箱：service@showwe.com.tw
http://www.showwe.com.tw
郵政劃撥　19563868　戶名：秀威資訊科技股份有限公司
展售門市　國家書店【松江門市】
104 台北市中山區松江路209號1樓
電話：+886-2-2518-0207　傳真：+886-2-2518-0778
網路訂購　秀威網路書店：http://www.bodbooks.com.tw
國家網路書店：http://www.govbooks.com.tw
法律顧問　毛國樑　律師
總 經 銷　聯合發行股份有限公司
231新北市新店區寶橋路235巷6弄6號4F
電話：+886-2-2917-8022　傳真：+886-2-2915-6275

出版日期　2014年6月　BOD一版
定　　價　320元

國家圖書館出版品預行編目

走！我們去看風景 / 張玉芸著. -- 一版. -- 臺北市：釀出版, 2014.06
面；　公分. -- (釀文學；PG1155)
BOD版
ISBN 978-986-5696-14-6 (平裝)

855　　103006356

讀者回函卡

感謝您購買本書，為提升服務品質，請填妥以下資料，將讀者回函卡直接寄回或傳真本公司，收到您的寶貴意見後，我們會收藏記錄及檢討，謝謝！

如您需要了解本公司最新出版書目、購書優惠或企劃活動，歡迎您上網查詢或下載相關資料：http:// www.showwe.com.tw

您購買的書名：________________________________

出生日期：________年________月________日

學歷：□高中（含）以下　□大專　□研究所（含）以上

職業：□製造業　□金融業　□資訊業　□軍警　□傳播業　□自由業

　　　□服務業　□公務員　□教職　□學生　□家管　□其它_____

購書地點：□網路書店　□實體書店　□書展　□郵購　□贈閱　□其他

您從何得知本書的消息？

□網路書店　□實體書店　□網路搜尋　□電子報　□書訊　□雜誌

□傳播媒體　□親友推薦　□網站推薦　□部落格　□其他__________

您對本書的評價：（請填代號　1.非常滿意　2.滿意　3.尚可　4.再改進）

封面設計____　版面編排____　內容____　文／譯筆____　價格____

讀完書後您覺得：

□很有收穫　□有收穫　□收穫不多　□沒收穫

對我們的建議：________________________________

____

____

____

請貼
郵票

11466
台北市內湖區瑞光路 76 巷 65 號 1 樓
秀威資訊科技股份有限公司 收
BOD 數位出版事業部

（請沿線對折寄回，謝謝！）

姓　名：＿＿＿＿＿＿＿＿ 年齡：＿＿＿＿ 性別：□女 □男

郵遞區號：□□□□□

地　址：＿＿＿＿＿＿＿＿＿＿＿＿＿＿＿＿＿＿＿＿

聯絡電話：(日) ＿＿＿＿＿＿＿＿＿＿ (夜) ＿＿＿＿＿＿＿＿＿＿

E-mail：＿＿＿＿＿＿＿＿＿＿＿＿＿＿＿＿＿＿＿＿